年商１３０億円の社長から、
「犯罪者」への転落――。

２０１９年９月６日、
１億８０００万円を贖罪寄付したら、死のう。
これ以上生きていたって、どうせつらいだけだから──。

「青汁王子」とメディアで持てはやされていた僕は、
法人税法違反の容疑で逮捕され、「犯罪者」になった。
「ざまあみろ」
「脱税したカネで豪遊してたのか」
「あんなやつ、死んでしまえばいい」
知人たちは手のひらを返したように去っていき、
会ったことも話したこともない不特定多数の人々から、
そして多くのメディアから
激しいバッシングを受ける日々が続いた。

毎日死にたくなる。
毎日消えたくなる。
毎日終わりたくなる。

誰にも相談できないまま、
そんなことを考える日々が続いた。
今死んでしまえば、どんなに楽になれるだろうか。
目の前にあるイヤなことすべてから逃げることができるんだ。
誰も自分を信じてくれないこんな世の中、
もう生きていたくない。

判決が出たら、自分が脱税したとされる1億8000万円を
世の中にバラまいて、死んでやろう。

僕の中の真実を伝えるために――。

当時、私の心はそこまで追いつめられていました。
しかし、こうやって生きて、運命に抗って毎日を努力できるのは
SNSを通じて送られた、みんなからのメッセージのおかげです。

「頑張ってください」
「応援しています」
「また活躍してください」

一度も会ったことがない私のことを受け入れ、
再起を応援してくれる声に励まされ、
涙が滝のようにあふれてきました。

こんなクソみたいな世界だけど、
こんなクソみたいな毎日だけど、
こんなクソみたいな自分だけど、死んではいけない。
諦めちゃ終わりだ。
諦めなければ、必ず道は開ける。

そう考えたら、どんな失敗や挫折も、
今抱えているちっぽけな不安なんて、
人生における誤差でしかない。
向き合い方次第で「過去は変えられる」と、
皆さんから教えてもらいました。

今の自分があるのは、
私がつらかったとき、どん底に陥ったとき、
SNSを通じてたくさんの応援コメントをくれた皆さんのおかげです。
皆さんの温かいメッセージに本当に励まされました。
そのことは今でも忘れません。

今度は私が恩返しする番です。
メッセージをくれた若者たちにお礼をしたい。
本当にありがとう。

過去は変えられる

はじめに

２０１９年の前半、この世界に絶望し、精神的にもギリギリのところまで追いつめられていた私に残された〝たったひとつ〟の選択肢、それは「自ら命を絶ち、この世からいなくなること」でした。

こんな突然の告白は、もしかしたら、あなたが「三崎優太」という人物に抱いているイメージとは正反対のものかもしれません。

「青汁王子」と呼ばれ、20代で年商１３０億円の健康食品会社を経営していた起業家としての私を知っていた方もいれば、焼き鳥屋の見習いバイトや新宿・歌舞伎町のホストへの転身などをツイッターで発信した「青汁劇場」と呼ばれた一連のツイートから私の存在を知った方もいるかもしれません。また、１８０人の方に１００万円ずつ配る「1億８０００万円贖罪寄付」や、ＹｏｕＴｕｂｅでの活動から私を知った方もいるでしょう。

これだけさまざまな「私を知ってもらった入り口」があることからもわかるように、わずか数年の間に、私の人生はめまぐるしく変化を遂げました。

なぜ、これほどまでに私の人生は、大きく変わってしまったのか。


そのきっかけは2018年1月、国税局の査察官たちの突然の訪問でした。当時の私は、20代で興した健康食品会社が年商130億円の企業へと成長し、年収12億円を手にする若手起業家「青汁王子」として、メディアで脚光を浴びていました。

しかし、そんな華やかな日々は、国税局によって突きつけられた「約1億8000万円の脱税容疑」によって、ガラガラと音を立てて崩れていったのです。

その日から1年以上にわたって国税局との間で繰り広げられた攻防の日々は、間違いなく私の人生にとって最もつらい時間だったと断言できます。

毎日のように国税局の査察官たちから「嘘つき」呼ばわりされ、家族や社員、自分の大切な人たちの生活を脅かされ、これまで大切に積み上げてきた実績や地位、名誉をすべて傷つけられました。

そして、２０１９年３月に逮捕されて以降、地位も名誉も心の平穏も失った私に、９月５日に下された判決、それは「有罪」でした。

この本の中では、私自身が経験した国税局との１年にわたるやり取りや、そこで感じた国税局の闇、ツイッター上で繰り広げた「青汁劇場」と呼ばれる一連の出来事、そして１億８０００万円の贖罪寄付などの内幕を、すべてさらけ出しました。

これらの一連の失敗や挫折から私自身が何を学び、どんな決定を下してきたのか、すべてを赤裸々に告白します。

「犯罪者」というレッテルを貼られ、一時は「判決が出たら死のう」とまでに思い詰めていた私ですが、今こうして自分の言葉で発信し、本まで出版できることを本当にありがたく思っています。

多くの窮地を乗り越えて自分が発言できるのは、ＳＮＳを中心に皆さんが励ましの言葉や応援をしてくれたからです。その感謝は一生忘れません。

この本を手に取ってくださった方をはじめ、こんな私に興味を持ち、支えてくれる方々がいること、そして皆さんのおかげで今の自分があるという事実は、私の人生にとって最大の誇りです。

目の前が真っ暗な絶望的な状況では、多くの人は暗闇に呑まれてしまいます。苦しいかもしれない、つらいかもしれない。だけど希望の光を求めて、もがき続けるしかありません。どんなに絶望的な状況で、目の前が真っ暗になっても諦めなければ、いつか光が差すと私は信じています。

そして、暗闇から抜け出した後には新しい人生が待っているはずです。

これからこの本を読もうと考えている方のなかには、
「三崎のように何十億円も稼ぐ起業家になりたい」
「ツイッターのフォロワーを増やしたい」
「ＹｏｕＴｕｂｅで稼ぎたい」
「今、目の前にある現実が死ぬほどつらいから、それを乗り越えるために三崎がどうやって生き延びてきたのかを知りたい」

など、さまざまな目的をお持ちの方がいると思います。

どんな目的からこの本を手に取っていただいたにせよ、この本を通じて必ずや何かをつかみ取ってもらえるはずです。

人生最大のピンチを経験し、その逆境をどう乗り越えるかを模索するすべての方々に、この本を捧げます。

三崎優太

第3章　人生最大の試練

第4章 自らの運命に一矢報いる

第5章 過去は変えられる

第1章

青汁劇場 〜栄光から転落へ〜

すべてを手に入れた栄光の日々

「今年度の年商は、130億円に到達しそうです」

やや興奮気味の社員の口からそう報告されたとき、自分でも耳を疑ったのを今でもよく覚えています。

2017年度、私が運営していた株式会社メディアハーツの年商は130億円に到達。通販事業を立ち上げ3年目にして、過去最高の年商をたたき出しました。

その要因には、3年前に開発した「すっきりフルーツ青汁」という健康食品の爆発的なヒットがありました。

健康にはよいけれども、まずくて飲みにくい。

既存の青汁のイメージを覆し、おいしく飲めて体にもいい「すっきりフルーツ青汁」は、これまで青汁を飲まなかった若い世代からも評判を呼び、多くの青汁ファンを獲得することに成功しました。

「なんとかして成功したい」

「どうにかして突き抜けたい」

そんな強い気持ちで18歳に起業し、ビジネスの世界を駆け抜けてきた私にとって、20代で年商130億円の会社をつくれたことは、これまでの人生に起きたすべての苦労が報いられた思いでした。

会社の年商が130億円に達した2017年、私の役員報酬は年間12億円にも達していました。お金さえ出せば、欲しいものは何だって手に入る。そんな夢のような世界が、目の前に広がっていました。

住まいは、時代の寵児たちが集っていた六本木の東京ミッドタウン・レジデンシィズ。日本有数の高級タワーマンションの家賃は、毎月100万円。1LDK、140平方メートルの室内は自分好みに改装するため、3000万円近い内装費を費やしました。

愛車として手に入れたのは、憧れだったBMWやベンツ、ベントレーなど。心地よいエンジン音が響き渡り、上質な革の匂いがたち込める車内で自らハンドルを握ったとき、「自分は成功者の仲間入りをしたんだ」と強く実感しました。

腕時計はロレックスからフランク・ミュラーまで、1個数百万円する高級時計が当たり前、なかには、数千万円の時計もありました。Tシャツからスーツまで、身に着けるものはルイ・ヴィトンやブルガリ、セリーヌといった高級ブランドばかり。当時は月々の洋服代だけでも、300万〜400万円に達していたと思います。

ダイヤモンドやゴールドが散りばめられた1個数百万円するようなアクセサリーも多数買い揃えて、日替わりで身に着ける。そんな夢のような日々が続きました。

ブランドもののスーツや、ギラギラとした小物で全身を飾っていた私は、まさに絵に描いたような「成金」だったと思います。

あの頃の私は、まだまだ若かった。自分が何者かがわかっていなかった。世間に自分を認めてもらいたい、バカにされたくないという気持ちから、ブランド品や高級品で全身を固めることで自分自身を守っていたような気もします。

――年商130億、20代の気鋭の社長。

そんな私のステータスは、メディアにとって格好のネタでした。

「テレビに出て、あなたの私生活を見せてください」

どこからか私の噂を聞きつけたメディアの人々から、出演オファーが殺到するようになったのです。

テレビを通じて、愛車や時計、クローゼットの高級ブランドの洋服を見せ、お金をかけて改装した高級マンションの室内をテレビカメラで撮影される。一般の人々とはまったくかけ離れた金銭感覚で営まれる私の生活を見て、かつてライブドアを立ち上げた堀江貴文さんや、「ネオヒルズ族」という言葉に象徴された与沢翼さんなど、時代の寵児となった起業家たちに、私の姿を重ね合わせる人たちもいました。

「あの若さで、独力で成功できるわけがない。どうせ黒幕かスポンサーがいるに違いない」

「20代であんな豪華な生活が送れるわけがない。車もブランド品もどうせ全部レンタルだろう」

そんな陰口を叩かれることもありましたが、気づけば私は多くのメディアに取り上げられるようになっていました。

青汁を売りまくって、年収12億円を得て、東京でほしいままの生活を満喫する私には、いつからか「青汁王子」とのあだ名がつけられていました。

メディアに出て顔が売れるようになると、大きな変化が訪れたのは交友関係です。「青汁王子に会ってみたい」と知人づてに声をかけられたり、初対面の人に「あなたが噂の青汁王子ですね！」と呼び止められたりする機会も増えていきました。

そのなかには、誰もが顔を知っているようなアイドルやモデル、女優などの芸能人から、有名企業の経営者も大勢いました。

立場や年齢、性別に関係なく、これまで私自身が会ったこともなく、知らなかった人々から一方的に好意を持たれ、注目を集める。そんな状況は人生で初めてのことでした。

新たに広がった交友関係によって、さらに新たな経験や人脈を得る。そんな日々は、とても刺激的でした。

お金や名誉、高級品、華やかな交友関係。多くの人が憧れてやまないものを、自分はすべて手に入れた。そう確信していたのです、あの日の朝までは……。

カネに狂った成功者の転落

事態が一変したのは、2018年1月。

私は脱税の容疑で、通称「マルサ」と呼ばれる国税局の査察官たちによる強制調査を受けることになりました。この事件を皮切りに、すべての悪夢は始まったのです。

1年以上にもわたる国税局の厳しい取り調べを受けた後、2019年2月、私は脱税の罪で逮捕されました。

逮捕されるや否や、世間の反応は露骨に変わりました。ニュース報道などで描かれるのは、わかりやすいほどに典型的な「カネに狂った成功者の転落」という絵。それは、メディアにとって格好の餌食でした。

「あの青汁王子が、脱税の罪で逮捕された」と各メディアは一斉に報じ、「日々豪遊していたあのお金は、脱税によって生まれたものだった」などと虚偽の報道をするメディアもあれば、なかにはまるで私が人を殺した犯罪者であるかのように、徹底的に糾弾しようとするメディアもありました。

こうした報道に対して即座に反応したのは、かつての〝友人たち〟でした。「三崎と一緒にいると、こちらまで変な目で見られる」と、みんながクモの子を散らすように離れていきました。以前は毎日のように食事や飲み会に誘ってきた人々からも、連絡はほぼなくなりました。十数分ごとに着信が鳴り続けていたスマホも、1日に数回しか鳴らなくなりました。

社会全体から手のひら返しを食らい、世間の冷たさを噛みしめるなか、最も精神的にキツかったのは、長年、自分が手掛けてきた会社を離れるという決断を下したことでした。

犯罪者というレッテルが貼られてしまった人間がトップを務めるような企業は、社会的信用が下がってしまうことは間違いありません。事実、私が逮捕された後は取引先などもどんどん減り、業績は目に見えて下がっていきました。

これまで自分が愛し、成長させてきた会社と、創業者である自分自身を切り離すことでしか、この会社が生き残るすべはない。私と一緒に会社を心中させるわけにはいかない。

そう考えて、18歳からの12年間、ずっと人生を共に歩み、何よりも大切にしてきた会社を離れることを、私は選んだのです。

「三崎さん、本当に辞めてしまうんですか……?」

私が会社に辞表を提出した2019年5月10日、社員たちが今にも泣きそうな表情で見つめていました。

これまで共に会社を大きくしてきて、私が逮捕されることになっても誰一人として辞めずについてきてくれた社員たちの姿を見ていると、「会社を去る」という自分の決心が鈍りそうになるのを感じました。

彼らともっと一緒に仕事をしたかった。もっともっと、一緒に大きな夢を見たかった。ただ、それだけだったのに――。

胸中を去来するそんな思いをぐっとこらえ、私は笑顔でこう答えました。

「『すっきりフルーツ青汁』は本当にいい商品だから、もっともっと売れるはずです。私がいなくなっても、みんなで頑張って事業を盛り立てて、日本一の健康食品会社になってください」

そう言い残して、私は一度も振り返ることなく会社を後にしました。そのまま自宅に戻って自分の顔を鏡で見た瞬間、涙があふれてきて、私は部屋の中で一人、大声で泣いていました。

そう、何の肩書も持たない一人の〝無職〟になり、すべてを失ったのです。

人生の再起を懸けた、焼き鳥屋でのアルバイト

会社というかけがえのない存在を失った私を待っていたのは、抜け殻のような日々でした。何を食べても味がしない。何を見ても、どこへ行っても、誰と会っても楽しくない。いくらお酒を飲んでも、酔えない。何をしても、ちっとも集中できない。

人生最悪のなか、私の頭に重くのしかかっていたのが、巨額の借金返済問題でした。

今回の脱税事件によって、私が代表を務めていた株式会社メディアハーツには、修正申告や重加算税などによって4億円ほどの費用負担が発生していました。そのため、国税局から「会社に損害を与えた張本人である代表の三崎優太自身が、会社が被ったであろう損害を補填するべし」という指導を受けていたのです。

さらに私の心を悩ませていたのは、競合企業から起こされていた5000万円の損害賠償請求です。

この競合企業は、私の会社の商品パッケージに似たものを出していたので、当時、お客様から「間違えて買ってしまった」といったクレームが殺到していました。そのことについて、先方の企業に注意喚起したことが、相手の逆鱗に触れたのでしょう。

私が逮捕されたことを利用して、「青汁王子を名乗っていた三崎優太の逮捕によって青汁業界の印象が悪くなった」として、損害賠償を求められていたのでした。

4億円の借金に加えて、5000万円の損害賠償を求める裁判まで起こされる。人生のどん底には限りがない。これにはさすがの私も落ち込み、「青汁王子と呼ばれていた頃に戻りたい……」と心から思うようになっていました。

しかし、いくら泣いてもわめいても、借金は帳消しになりません。少なくとも借金を返すために働かなければなりません。アルバイト情報誌を見たりハローワークに行ったりもしましたが、高卒で学歴もなく、犯罪者として有罪判決を受けた私を雇ってくれそうな企業は、1社たりとも見当たりませんでした。

このままでは借金返済どころか、生活資金すらままならないかもしれないと頭を抱えていると、私のスマホに1本のメールが飛び込んできました。

メールは焼き鳥屋を経営している昔からの知り合いで、こう書かれていました。

「三崎くん、大変な状況だったね。もし仕事がないなら、自分の焼き鳥屋で働かないか？　もちろん最初はアルバイトになると思うけれども、それでよければ、ぜひ連絡ください」

どうやら私が借金返済のために仕事を探していると知り、連絡をくれたのです。

そんな優しい心遣いに涙がこぼれそうになる一方、いくばくかの不安が胸をよぎりました。

30歳にして初めての飲食店でのアルバイト。果たして自分に務まるのだろうか……。でもこのチャンスを逃せば、きっと私を雇ってくれるような人はもう現れないかもしれない。何が再起のチャンスになるかはわからない。だったら、一つひとつの出会いを大切にするべきなんじゃないか。

そして、何よりも私の心を後押ししたのが、どん底の状態にいる私に手を差し伸べてくれる人が、いまだに存在するという事実でした。

社会の99・9％以上の人からバカにされ、叩かれ、非難されている私に対して、それでも応援してくれる人がいる。この優しさは、一生忘れてはならないはずだ。まったく未知の領域である飲食業界であっても、過去に培ってきたビジネスの知識やスキルはきっと役に立つ。さらに、焼き鳥屋で修業をすれば、焼き鳥職人として一からやり直すことができるかもしれない。場合によっては自分でお店をもって、独立するこ

とだってできるかもしれない。

そんな再起への希望を胸に抱きながら、社長を辞任してから2週間が経過した2019年5月24日、私は知人の焼き鳥屋で見習いバイトとして働くことになりました。会社社長から、焼き鳥屋バイトへの転落。バカにされるかもしれないけれども、イチから頑張ろうとする今の自分の姿を多くの人に知ってもらいたい。そう思って、焼き鳥屋でアルバイトを始めることをSNS上で表明したところ、「あの青汁王子が焼き鳥屋のバイトになったらしい」と話題にもなりました。

「飲食店のバイトなんて、簡単だろう」と思う人もいるかもしれません。でも、いざ働き始めてみると、飲食店での勤務経験のない私を待ち受けていたのは、苦難と苦労の連続でした。

まず、勤務初日に命じられたのはトイレ掃除。人生で一度もトイレ掃除をしたことがなく、掃除用具の使い方すらわからず立ち尽くす私を見て、イライラした店長からは「何やってるんだ！　早くしろ！」と初日から怒鳴られてばかりでした。それでもまごついていると、「もういい、オレがやる！」と店長は私から掃除用具を奪い取って、ゴシゴシとトイレ掃除を始めました。

その後も皿洗いなどを任されたものの、皿洗いもほとんど経験したことのない私は、初日に４枚のお皿を割ってしまう羽目に。その日の終わりには、店長から「君は〝青汁王子〟じゃなくて〝お皿割り王子〟だな」とあきれ顔で呟かれてしまいました。

今まで年商１３０億円の社長ともてはやされてきたにもかかわらず、自分はトイレ掃除や皿洗いひとつ満足にできない人間なのだ。世の中で普通に働いている人たちのほうが、自分よりもずっと優れているんじゃないか。そんな自分の力不足を知って落ち込みました。

でも、焼き鳥職人は「串打ち三年、焼き一生」と言われるほど、達人になるまでに時間を要する仕事です。トイレ掃除くらいで挫折して諦めたら、何も手に入らない。石にかじりついてでも、ここから這い上がってやる……とひそかに闘志を燃やしていたのです。

一度逮捕された人間は、死ぬまで一生「犯罪者」

焼き鳥屋という新天地を見つけた私の元に、もう一つのチャンスが到来しました。知人の社長から、「某上場企業会長が、三崎君が真剣にやり直そうと思っているのならば、10億円の事業資金を融資してくれると言っているようだ。興味があるならば、面談をセッティングするけれども、どうする?」という連絡をもらったのです。千載一遇のチャンス。そう確信した私は、即座に「ぜひお会いしたいです」と返答しました。

その連絡から数日後、都内のホテルの一室で、「融資をしてくれるかもしれない」という会長の面談を受けることになりました。会長は柔和な表情をした初老の男性で、今の私の状況にひどく同情してくれました。

私はこれまでの自分の経歴や実績、そしてどうやってメディアハーツを年商130億円の企業にまで育て上げたのかについて、細やかに説明しました。会長は終始、前のめりになって真剣に聞いてくれました。ひいき目ではなく、会長が私の話に興味を持ってくれたのは間違いなかったと思います。

手ごたえ、あり。そんな確信を抱きながら、帰路につきました。

私は内心、「これは絶対に再起のチャンスになるはずだ」と確信していました。融資を受けたら、どんなビジネスを展開しようか……。そんなビジネスプランを描きつつ、私はわくわくしながら連絡を待っていたのです。

ところが、ある日、焼き鳥屋のバイトを終えてスマホを見ると、私の知人の社長から1本の連絡が。はやる気持ちを抑えながら、メッセージを開きました。しかし、それは、高まった私の期待を大きく裏切るものでした。

「申し訳ない。コンプライアンス上の問題で、裁判中の人間に出資することは難しいと判断され、融資の話はなかったことにしてほしい」

その文面を見た瞬間、私は「終わった……」と感じました。

融資を断られたこと自体ではなく、何よりもつらかったのが「裁判中の人間に出資することは難しい」というメッセージです。

一度逮捕された人間は、死ぬまで一生「犯罪者」というレッテルを抱えて生きていかなければならない。その残酷な事実を、目の前に突き付けられたような気がしたからです。


私は、悔い改めて、ただやり直したいだけなのに……。

これが社会の厳しさというものなのか……。


すべての希望をなくした私は動揺と混乱で頭が整理できませんでした。これまでの人生で、何度となく逆境を経験してきたと自負しています。そんな逆境のなかでも、いつも何かしら希望を見出すことができた。でも、今の私にはまったく光明が見当たりません。

前に進みたいのに、必死にもがいてもちっとも前に進まない。でも、幸運と不運はいつも同時に訪れるもの。これまで経験したことがないほどの絶体絶命の私を救ってくれたのが、一つの出会いでした。

「お金がなくても一緒にいたい」焼き鳥屋で出会った人生最高の恋と別れ

出資の話がなくなって落ち込む矢先、とんでもない幸運が舞い込んできました。数年ぶりに、彼女ができたのです。

彼女と出会ったのは、アルバイト先の焼き鳥屋でした。焼き鳥屋で働き始めてから1か月ほど経過した頃、客として来ていた彼女と言葉を交わし、その数日後、私から声をかけて二人で会うように。人生最悪のどん底に陥っていた私を、彼女の優しさが救ってくれました。

こんなことを書くと自慢のように聞こえるかもしれませんが、社長時代は、いつだってたくさんの女性たちが私を取り囲んでいました。キャバクラ嬢からモデルやアイドル、女優まで、美しい女性たちと出会う機会はいくらでもありました。はっきり言えば、女性との出会いに不自由することは一度もなかったのです。

しかし、犯罪者として逮捕され、お金がなくなった途端、チヤホヤしてくれた女性たちはどんどん離れていきました。

——人の心は、結局はお金なのか。

そんな深い絶望感のなかに、私は一人取り残されていました。人間不信から、誰かと言葉を交わすことすら恐怖を感じ、アルバイト以外で外に出ることもおっくうになっていたときに出会ったのが彼女でした。

最初のデートで、彼女にこう言いました。

「今の僕には、お金も地位も名誉も仕事もない。そんな僕と一緒にいることって、君にとっては迷惑にならないんだろうか」

彼女は笑ってこう答えてくれました。

「お金がなくても好き。借金だって、一緒に返していこう」

この言葉を聞いたとき、彼女の前で、堰を切ったように大号泣していました。

社長を辞めてからどんどん人が離れていき、私の心はいつだって絶望と孤独感でいっぱいでした。でも、彼女のそんな心のこもった温かい一言は、凍りついていた私の心を緩やかに解かしてくれたような気がします。

何もない今の自分を愛してくれる存在。人生で初めてそんな存在に巡り合うことができた。逆境から生まれた愛は強い。彼女のためなら何でもできる。絶対にこの人を幸せにしよう。いや、幸せにしなければならない。そう決意しました。


付き合って数週間後、彼女の誕生日がやってきました。自由になるお金はほとんどなかったけれど、初めてもらったアルバイト代をつぎ込んで、若い女性に人気のブランド「4℃」の指輪を購入し、プレゼントしました。

青汁王子と呼ばれていた時代であれば、世界中のセレブが結婚指輪など特別なときにオーダーするハリー・ウィンストンの指輪だってプレゼントできたはずなのに、フリーターで借金を抱えている今の私には、「4℃」の指輪で精いっぱいだったのです。

お金はないけれども、今まで女性に渡したプレゼントのなかで一番心がこもっている。それだけは、間違いなく確信がありました。

誕生日の当日、恐る恐る彼女に指輪を手渡しました。
「これ、プレゼント。喜んでくれるといいんだけど」
「え、本当に？　無理しなくてもよかったのに……」
借金でお金を持っていないことを知っている彼女は、誕生日でも私の懐事情を心配してくれている。その事実に男としての情けなさを感じると同時に、彼女の心の優しさを改めて嬉しく思いました。

それでも、彼女はプレゼントの箱を開けて、中から指輪を見た瞬間、

「嬉しい！　大切にするね！」

と、これ以上ないほどの笑顔を見せてくれました。

お金より大事なものはある。その笑顔は、私にそれを教えてくれました。いまだに
私は、このときの彼女の笑顔を忘れることができません。

一生彼女を大切にしよう。一生この人を守りきろう。そう考えていたにもかかわら
ず、交際から数週間後、少しずつすれ違いが生まれていったのです。

発端となったのは、二人で外食をしているとき、彼女が口にした何気ない一言でした。

「そういえば、元カレは割り勘を絶対にしない人だったんだよね」

年収が12億円あった時代は、どんな女性とデートをしても常に私が全部の費用を払ってきました。でも今はお金がないので、どんなに彼女を大事に思っていても、奢ってあげることができない。そんな事情を知っていた彼女は、出会った当初から「ゆう

君に負担がかかっちゃうから、デートはできるだけ割り勘にしよう」と提案してくれました。そのため、恥ずかしながら常にデートは割り勘でした。

二人で会う時間を重ねるたびに、そんなうしろめたさが募り、心をどんどん蝕んでいきました。器の小さい男だと言われたら、その通りだったかもしれません。でも、彼女が言い放った「元カレは割り勘ではなかった」という言葉を聞いた瞬間、パンパンに膨れ上がった私の卑屈な心は一気に爆発していました。

「なんだよ、結局カネなのかよ！」

気がつけば、私は大声で彼女に怒鳴りつけていたのです。

慌てて弁解しようとする彼女を放置して、私は一人店をあとにしました。でも、店を出た直後、自分のしでかしたことに後悔していました。

彼女の言葉には、私への当てつけの気持ちはまったくなかったはず。いつも支えてくれている彼女に悪いことをした。どうして、あんなことを言ってしまったんだろう。もしも時間を遡ることができるのならば、あの瞬間に戻りたい。

その日は一晩中罪悪感に苛まれ、一睡もできないまま。翌朝すぐに彼女に電話をして謝りました。

最初は無言だった彼女も、私の必死の懇願に根負けしたのか、「もうしないでね」という一言で許してくれました。


しかし、7月のある日。彼女から再び言われたのは、こんな言葉でした。

「元カレと食事に行くことになったけど、いいよね？」

私としては絶対に元カレなんかに会いに行ってほしくない。でも先日、ケンカになってしまった手前、文句を言うわけにはいきません。これ以上、器の小さな男だと彼女に思われたくなかったからです。

「もちろんいいよ、楽しんできてね」

「ありがとう。食事が終わったら、家に行くね」

私は引きつった笑顔で、彼女を送り出すことしかできませんでした。

落ち着け。大丈夫だ、彼女は帰ってくるはずだ。悶々とした思いを抱えながら、私はネットを見たりSNSをチェックしたりと、何か違うことをして気持ちを紛らわしていました。

しかし、深夜になっても、彼女は私の部屋には帰ってきません。暗い部屋の中で待ち続けるのがイヤになった私は、一人で近所のカラオケ店へ行き、一晩中ラブソングを歌いながら彼女を待ちました。

時折、焦る気持ちを抑えてスマホをチェックしても、彼女からの連絡は一切なし。一人カラオケは朝まで続きました。でも、朝になっても連絡はありません。

早朝、カラオケ店を出て、少しずつ明るくなっていく朝の光を浴びながら、私は自宅へと走りました。もしかしたら、彼女が帰ってきているかもしれない。酔っぱらってスマホをチェックし忘れているだけかもしれない。急いで自宅のドアを開けて彼女の名前を呼んでみるも、返答は何もなし。部屋の中には誰もいませんでした。

さすがに一晩中連絡がつかないのはおかしい。何かあったんじゃないか。不安に駆られた私は、なんとかして彼女と連絡を取ろうとしました。いくら彼女に電話をかけても出てもらえない。ＬＩＮＥでメッセージを送っても既読にもならない。

元カレと会うと聞いていただけに、嫌な想像が私の頭を駆け巡ります。元カレと久しぶりに会って、よりを戻すことになったんじゃないか。そして、そのまま元カレと一緒に、どこかへ行ってしまったんじゃないか。

情けないことですが、私のＬＩＮＥがブロックされているのではないかという疑念に襲われて、気がついたらネットで「ＬＩＮＥがブロックされているかどうかを調べる方法」という記事を読み、その方法をすぐさま試している自分がいました。


よかった、ブロックはされてない。

結果にホッとしたものの、次は「じゃあ、なぜ連絡が取れないのか」という疑問ばかりが頭につきまといます。

私にできるのは彼女を待つことだけ。お金もなくて、立場もない。そんな何もない私に優しくしてくれた彼女が、私を裏切るわけがない。もしかしたら元カレが悪いやつで、何かトラブルに巻き込まれているんじゃないか。そんな不安が胸にこみあげてきて、気がついたら私は近所の警察に駆け込んでいました。

冷静に考えれば、成人した大人の女性が一晩帰ってこなかったくらいで、警察に相談するなんて常軌を逸していたと思います。でも、当時の私は会社や社員という大切な存在を失ったばかりで、身も心もボロボロでした。

もう大切なものは失いたくない。失って後悔するくらいなら、今、全力で動いたほうがいい。彼女に何か悪いことが起きたとしても、必ず自分が守る。もう絶対に後悔したくない。そのときの私は、そんな切羽詰まった状態に追い込まれていたのです。

しかし、いざ警察に相談してみると、警察の人はすこぶる冷静でした。

彼女の携帯の電源も入っているし、普通に考えれば事件に巻き込まれた可能性は低い。警察では、ただの痴話ゲンカだと思われたのか、冷たくあしらわれました。何度も「調べてほしい」と訴える私に、警察官はため息をつきながらこう言いました。

「彼女は君のことを忘れて、元カレを選んだんじゃない?」

悔しさを抑えて警察署をあとにし、朦朧とした頭と疲れた体をひきずりながら自宅に帰った後も、ひたすら彼女を待ち続けました。ただ、その日は焼き鳥屋でのアルバイトが入っていたため、夕方前には店へ向かわなければなりません。

このどん底の中で、唯一私を救ってくれた存在である彼女。その存在がいなくなってしまえば、私には何も残らない。その状況だけは避けたい。

そこで、もしも彼女が部屋に帰ってきた場合を考えて、普段は伝えられない自分の思いを手紙で伝えよう。そう考えた私は、彼女に手紙を綴《つづ》りました。

重いと思われるかもしれない。嫌われるかもしれない。でも、伝えないわけにはいかない。そんな思いがほとばしる長い手紙を書き終えるとテーブルの上に置き、アルバイトへと出かけていきました。

数時間後、バイトを終えて家に帰っても、彼女の姿はやはり見当たりません。彼女の代わりに部屋で私が見つけたのは、渡した合鍵や誕生日に贈った思い出の指輪。そして、彼女からの手紙でした。

「ゆうくんへ　今までありがとう。ＳＮＳにあげられるのもコリゴリです。もう連絡もしないで下さい」

別れというにはあまりにも突然で、あまりにもそっけない一言。それが手紙に残されていました。

当時の私は、焼き鳥屋でアルバイトを始めたことを皮切りに、自分の身の回りに起きた出来事をＳＮＳ上にアップしていました。この数年間で一番幸せだった出来事である「彼女ができた」という事実も、当然SNSで報告していたのです。

デートをはじめ、投稿する内容は事前に彼女に伝えていたので、快く了解してくれていると思っていました。でも、それが彼女にとっては想像以上に負担だったのかもしれません。

手紙を読んだ瞬間、私は体が震えて、涙が止まりませんでした。SNSに自身の話を投稿されることをそれほどまでに彼女が嫌がっていたという事実に気がつかなかった自分が情けなく、憎くなりました。

彼女はこの真っ暗な私の人生を照らしてくれる太陽のような存在だった。失って改めて、その事実に気づかされました。彼女という太

ゆうくんへ
今までありがとう。
SNSにあげられるのもコリゴリです。
もう連絡もしないで下さい。

陽が消えてしまったことで、私は暗闇の中に取り残されてしまった。これからは、何を支えに生きていけばいいのか。

私は、再び暗い部屋の中で、一人立ち尽くしていました。

女心を理解したい。その一心で始めた女装

彼女との別れから一夜がたった翌朝、私の体はピクリとも動きませんでした。なぜ、こんな人生になってしまったのか。

「昔の自分を返せよ。動けよ、クソ。こんなところで立ち止まっている場合じゃないんだよ」

起きてから数時間後、私は東京を離れて一人、山の中にいました。彼女との気持ちにさよならをするために。

彼女からもらった手紙や指輪など彼女にまつわるものすべてを持って家を出た私は、山の中でそれらを燃やしました。

なぜ、突然そんな行動を取ったのかは、私にもわかりません。たぶん、直接「さよ

なら」を言うことができなかったから、彼女の残したものを燃やし尽くし、時間をかけて別れを告げることで、自分の心の平静を保ちたかったのかもしれません。

一方で、私には女性の気持ちがわからないからこそ、彼女が私の元から去ってしまったという自覚はありました。

どうして女性の心がわからないのだろう。どうして大切な人ほど離れていってしまうのだろう。もっと女性の心がわかるようになりたい。そうすればきっと、彼女の心をつなぎとめることもできたはず。もっと女性の心がわかる男になりたい……。だったら、まずは形から女性になればいい。

そう考えた私は、彼女にフラれた数日後、衝動的にウィッグや化粧品、女性用の服を買い込んでいました。そして、ＹｏｕＴｕｂｅのメイク動画を参考にしながら化粧をし、女性用の服と長い髪のウィッグを身に着けてみました。

初めての女装は、思った以上に抵抗感がありませんでした。

意外とこのままの姿でも生活できるかもしれない。いや、生活をしなければ女性の気持ちはわからないだろう。スカートをはき、ウィッグを被った女装姿の私は、その

まま、ふらふらとバイト先の焼き鳥屋へ向かっていました。
しかし、それを見て驚いたのは店の店長やスタッフたちです。
女装姿で現れた私を見るやいなや、「なんでそんな格好で来たんだ！」と怒りだしました。さらに、バイト中に私がひそかにＳＮＳにアップする動画を撮影していることがバレていたようで、その場で自宅謹慎を命じられました。

店長に怒られて気が動転した私は、なんとか初心に帰らなければと思い、女装姿のまま店の前で挨拶の練習を始めていました。

冷静に考えれば、女装姿の男がひたすら店の前で「いらっしゃいませ！」と叫びながら頭を下げ続ける様子は、とんでもなく異様です。

支離滅裂な考えではありますが、そのときの私は、自分の居場所を見つけようと必死でした。今、自分にできることは何か。それを考えたときに頭に浮かんだのが「店の前で挨拶をして、少しでも集客につなげること」だったのです。

店長からは「やめろ！　何してるんだ！」と一喝され、早々に自宅へ帰るようにと求められました。自分の軽率な行動で、職場にも迷惑をかけてしまった。そんな絶望感と情けなさで、私はますます自己嫌悪に陥ってしまいました。

勃て！　勃て！　勃て！

彼女と別れて以降、日に日に孤独感を募らせていました。それと同時に、誰かと重なり合いたいという強い欲求も募っていったのです。この寂しさから抜け出すため、疲れて傷ついた心を癒やしてくれる誰かのぬくもりを必死で求めていました。私を愛し、慰めてくれる誰かを探しに行くしかない。出会いを求め、気がつけば夏の海へと向かっていました。

人生で初めての海でのナンパ。声の掛け方がヘタなのか、何人もの女性に話しかけても誰一人として、まともに相手をしてくれる女性はいませんでした。

結局、ナンパは成功せず、一人で自宅へ戻る際、「誰か私を抱きしめてくれる女性はいないだろうか」と真剣に悩んでいました。そんな欲求を抱えていた矢先、信じられないほどラッキーな出来事が起きたのです。

なんと、ネットで応募していた高級デリヘルの無料券に当選。無料チケット当選の通知がきたときは、「自分の叫びが天に届いたんじゃないか」と思うほどに嬉しかったです。世間の方々には「風俗で性欲を満たすなんて」と非難されるかもしれませんが、当時の私にとっては何よりの救いでした。

翌日、さっそくチケットを利用し、女の子を呼びました。

久しぶりに女性と触れ合う貴重なひとときを一瞬たりとも無駄にしたくない。つらかった日々の癒やしとして、しっかり自分のパワーを充電したい。そう思い、相手の女性に失礼がないよう入念にお風呂に入り、ベッドをきれいに整えました。

現れたのは清楚な雰囲気のかわいらしい美女。こんな女性に自分を抱きしめてもらえるなら、これまで不運続きだった自分の人生も少しずつ上向いていくんじゃないか。そんなふうに私の心は浮かれていました。

しかし、いざベッドに入ったとき、自分の体にありえない異変が起きていました。

…………勃たない？

一度目を閉じてじっくりと深呼吸をした後、再び自分の下半身を観察してみました。やはり、勃たない。

焦った私は、心の中で自分の股間に「勃て！　勃て！　勃て！」と何度も念じ続けました。ふと女の子に目をやると、彼女は恐怖で引きつったような顔で私を見つめています。

どうやら、心の中だけで呟いていたつもりの「勃て！　勃て！　勃て！」という言葉を、私は実際に声に出して叫んでいたようでした。

声が出ていることに気づいても、私の焦った心はもう止められません。何度必死に自分を鼓舞しても、「勃て！　勃て！」という叫びが部屋の中にむなしく響くだけ。ピクリとも反応しませんでした。

お金もない。仕事もない。社会的地位もない。さらに、男性としての機能さえも……。私は男としての最後のプライドすらも失ってしまったのです。

この頃、以前と比べると、あまりにもやつれた表情をするようになった私を心配して、周囲の友人たちから「病院に行ってみるように」と勧められることが増えていました。

病院に行ってみると、診断は「適応障害」と「抑うつ状態」。

医師の診断によれば、急な環境の変化に心がついていけず、心身ともに大きな支障をきたしているとのこと。そして一番の原因は、年商１３０億円企業の社長だった日々を忘れられず、いつまでもその栄光にすがり続けていることだとも言われました。

現実をしっかり直視し、変わることを意識しなければ、この症状はずっと続く可能性があるともアドバイスされました。

借金もあり、訴訟も抱えている。大切だった彼女を失い、現実がつらくて受け入れられない。そして、また鬱々としてしまう。毎日がその繰り返しでした。すべてを失った私には、〝過去の栄光〟しかすがるものがありません。

落ち込む私に追い打ちをかけたのが、いつまでも解けない焼き鳥屋の自宅謹慎です。働きたいのに、どうして働かせてもらえないのか。この思いをわかってもらうために、精いっぱいの抗議を店長にぶつけました。しかし思いは届かず、店のスタッフたちと私の間で激しい言い合いが始まり、店内で大騒動が繰り広げられました。騒ぎを起こした私は、当然、クビに。

自分は誰からも必要とされていない。もうどこにも居場所がない。30歳にして、私はまたもや無職になってしまった……。そんな思いを抱えたまま、悔しくて悔しくて、一人で泣き続けました。

やるからにはてっぺんを取ってやる。歌舞伎町No.1ホストを目指して

これから私はどうやって生きていけばいいのだろう。再びどん底に陥っていた私のもとに、1本のDMが舞い込んできました。そのDMは、「グループダンディ」というホストクラブを運営する巻田さんという謎の男性からのもの。文面にはこんなことが書かれていました。

「私たちの業界にはいろいろなことから再起をかけて仕事をしている人間が大勢おります。そして実際に再起して新しい人生を歩んでいく人間もたくさんおります。三崎さんの類い稀れなカリスマ性や知性、行動力は絶対に私たちの業界で成功なされるものだと思っております。大変お忙しいとは思いますが、どうか一度お話しさせていただく機会をくださりませんでしょうか？」

私が現在無職で、落ち込んでいることをSNSで知った巻田さんは、自分たちが運

営するホストクラブで働かないかと声をかけてくださったのです。

正直、その時点での私は、ホストという職業に良いイメージを持っていませんでした。

「ホストなんて女の人と酒を飲んで、チヤホヤされて、しかもお金までもらえて、楽しみしかない仕事だろ。本当にずるい」という偏見を持っていました。簡単に言えば、ホストの人たちがうらやましかったわけです。

最初は、そんな偏見のせいで、「ホストクラブで働くなんて、私の性格には合わない」と思い、お断りのDMを書こうとしていました。

ただ、グループダンディの巻田さんからのメッセージを何度も読み直すと、その誠実な人柄が伝わってきたのと同時に、「自分を必要としてくれる人がいるのであれば、そのご縁を大切にするべきじゃないのか。たとえそれが、自分が憎んですらいたホストクラブであったとしても……」と思い直しました。

人生には思いがけないところに「ご縁」があるものです。まさかホストになって、再起をかける日がくるとは、私自身、夢にも思っていませんでした。

30歳での、ホストへの挑戦。

この勢いに乗って、流されるままに新たな挑戦をしてみてもいいんじゃないか。すべてを失ってふっきれた今だからこそ、チャレンジする価値があるんじゃないか。

そこで巻田さんに、「ぜひやらせてください」というDMを送り、ホストに挑戦する決意を固めました。

やるからにはトップを取りたい。絶対に歌舞伎町のホストの中で、てっぺんを取ってみせる。選んだ源氏名は、「三崎愛汁《えちる》」。そして、迎えた2019年8月19日。有名ホストクラブ「ホスト愛本店」で、私はホストデビューを飾ることになりました。

クラブ愛本店では、月間売り上げ20万円に満たないホストは胸にバッジを着けさせられます。最初の目標はこのバッジを早々に外すことでしたが、私は幸いにして、入店して3分間で外すことができました。

というのも、SNSで私が「クラブ愛」で働くことを知った人々が初日から店に大勢押しかけてくれて、続々と指名が入ったからです。

1本何十万円もするシャンパンボトルが積み上がり、1万円札の束やシャンパンコールが飛び交うなか、怒濤のうちに初日は終了しました。初出勤日ということでご祝

MOET

儀もあったのかもしれませんが、初日の売り上げは370万円。

「なんだ？　この世界、メチャクチャおもしろいじゃないか！」

初日が終わり、気がつけば私は一気にホストの世界に引き込まれていました。あれだけ「ホストは嫌い」と言っていた自分が、なぜたった1日でホストの世界に魅了されてしまったのか。それはホストクラブの中で繰り広げられる、とんでもない実力社会ぶりを垣間見たからだと思います。

ホストクラブでは、自分が努力した分だけ、きちんとリターンがある。売り上げのよかった人は、経験年数や年齢にかかわらずリスペクトされる。そのあたりが、同じように実力主義のビジネス界でしのぎを削ってきた私の肌に合ったのでしょう。やればやるほど本気になれる。だったら、ホストの世界でてっぺんを取ってみたい。やる気に火がついてしまった私は、その後、店の休日以外は全日フル出勤することを決めました。

幸いなことに、指名のお客様は途切れません。既存のお客様だけではなく、「青汁王子に会ってみたい」という好奇心から、普段はホストクラブに来ないようなお客様も来てくれて、私の売り上げはどんどん上がっていきました。

なかには、「ＮＨＫをぶっ壊す！」のフレーズでおなじみの立花孝志先生もいました。

立花先生は、ネットで私の存在を知り、ホストデビューしたのを契機に会いに来てくれたのでした。初対面ではありましたが、ネットで散々炎上している立花先生と、同じく散々炎上を繰り返している私は話も非常に盛り上がり、楽しいひとときを過ごしました。

ホストクラブでの日々を振り返ると、いまだに、どこか華やかでそこはかとなく切ない思いが蘇ってきます。実力社会のホストクラブの世界で結果が出せたことは、自分にとって大きな自信になっていました。

最初に声をかけてくれた巻田さんや、支えてくれたホストの仲間たち。ホストという固定観念を変えてくれた彼らには、感謝しかありません。

グループダンディ傘下のホストクラブで2週間ほど働いた結果、私の売り上げは8000万円超え。その月の歌舞伎町ホストのナンバーワンを取っていました。

ホストの世界は最高におもしろいし、すばらしい職業だとも思います。このままホストを続けるという選択も、決して考えられないことではありませんでした。でも、自分のなかで、ホストを続けることにどうしても迷いを感じていました。悩みに悩んだ末、8月いっぱいでホストの道は一度引退することを決意しました。

最終日のラスソンで気づいた「自分が本当にやりたいこと」

激動の13日間を走り抜け、ホストとしての出勤最終日。

ホストクラブには、その日最も売り上げが多かったホストが閉店間際に好きな歌を歌わせてもらえる「ラストソング」、通称「ラスソン」というシステムがあります。ホストにとってラスソンを歌うのは、最大級の名誉でした。

私がホストとして出勤した最終日、大勢のお客様が詰めかけてくれたおかげで、このラスソンを勝ち取ることができました。

高々と積み上げられたきらびやかなシャンパンタワーの前でラスソンを歌いながら、「これでホストとしての日々は最後なのか」と思うと、涙が止まりませんでした。その瞬間、どれだけこの職場に自分が支えられてきたのか、どれだけ自分が働くということが好きだったのかを知りました。

この2週間は毎日が刺激に彩られて、見るもの聞くものすべてが新鮮でした。ラスソンを歌い終わった後、目の前にいるお客様や同僚のホストたちを眺めていると、「この場所を離れがたい」という強烈な気持ちが胸を襲いました。

「もっとみんなと一緒にここにいたい。華やかで夢のようなこの世界に、もっと溺れてもいいいんじゃないか」

「これからも続けたい」という言葉が口をついて出そうになった瞬間、ふいに「お前はこんなことをしている場合じゃないだろう！」という心の声が、頭に響いてきたのです。

そうだ、自分は前に進まなければならない。私には人生をかけてでもやらないといけないことがある。これは、日本の未来のために絶対にやらなければならない。自分の生き様を証明するためには、外の世界に出ていかなきゃいけないんだ！

「自分はこんなことをしている場合じゃないんだ。この世界と決別しなきゃ」

そうつぶやくと、無意識のうちに、自分のために作られたシャンパンタワーに手を伸ばし、勢いよくなぎ倒していました。

これが、自分にとって、ホストとの決別だ。

ガラガラと音を立てて崩れていくシャンパンタワーを見て、驚きの声を上げる周囲の人々をその場に残し、私は店をあとにしました。

年商130億円の元社長だって恥じらいなんてなかった

これが、私がメディアハーツの代表を2019年5月に辞めてから、3か月の間に起こった「青汁劇場」のすべてです。天国と地獄が入り交じるジェットコースターのような日々でしたが、今にして思えば「あれほどがむしゃらに何かを頑張った時間はなかったかもしれない」と思うほどに、密度の高い日々だったと思います。

実は5月にメディアハーツ代表を退任して以来、「自分が感じたすべての気持ちや経験した出来事をSNSに投稿する」というルールを、私は自分にずっと課していました。

焼き鳥屋の使えない一人のアルバイトへと転落していく様をすべてSNSで公開するのを見て、多くの人から、

「なぜ年商130億円の企業の元社長が、ここまで赤裸々に自らをさらすのか」

「自ら炎上を狙っているのか？」

など、さまざまな疑問が投げかけられました。

実際、「この事実を公開するべきなのか」「この動画を公開したら、周囲の人は自分のことをどう思うだろうか」と何度も何度も躊躇し、悩み抜きました。

しかし、年商130億円の社長だった時代に持っていた誇りも恥じらいもすべて捨て、SNS上に自らの思いや行動を投稿することで、世間の人々に自分の行動を見てもらう必要があったからです。

栄光の日々からの転落や常軌を逸した行動の数々を綴った一連の投稿は、ネット上では「青汁劇場」と呼ばれ、いつしか人々の注目を集めるようになっていました。最初は4万～5万人だったフォロワーが、気がついたときには数十万人に達していたのです。

最初は誹謗中傷ばかりだったコメント欄

脱税による逮捕が報道されていた2019年3月頃、私のSNSには非難の声があふれ返っていました。

「調子に乗ってるからだよ、ザマァミロ」

「死ね」

「人間のクズ」

「生きる価値のない犯罪者。早くいなくなってください」

まったく面識のない人々から、延々と中傷の言葉を書き連ねたDMがたくさん送られてきました。

「脱税という罪は、国民全体に損害を与える大罪。だから、自分自身も含めた国民全体が被害者だ。謝罪しろ」

「いい気になって金を使いまくっていた報いだ。これに懲りたら、まっとうな人間に生まれ変わって出直してこい」

見ず知らずの人から恫喝にも近いメールが山のように送られてくるのは、恐怖以外の何ものでもありませんでした。どのコメントからも漂ってくるのは、「もっと不幸にしてやりたい」という悪意。もしかしたら私は殺されるんじゃないかと思うほど、身の危険を感じました。

普通の人であれば、ＳＮＳのアカウントを閉鎖していたかもしれません。それでも私には、ＳＮＳをやめるという選択肢はありませんでした。それでも

どれだけ罵倒されても、どれだけ非難されても、どれだけ恐怖を感じたとしても、自分はＳＮＳで発信を続けるしかない。心ない言葉が押し寄せるなか、精神がすり減っていくのを自覚しながらも、私はなんとか自分を奮い立たせて発信を続けていきました。このＳＮＳだけが最後の頼みの綱だと、一縷の望みをかけて……。

「頑張れ」「応援している」と、徐々に変わっていったSNSの声

一時は何千件という非難の書き込みが殺到した私のＳＮＳ。しかし、更新を続けていくうちに、次第に人々の反応が変わっていくのを肌で感じるようになっていきまし

た。まず、焼き鳥屋でのアルバイトを報告したときのこと。

「青汁王子も地に落ちたな……」

「なんで、焼き鳥屋でアルバイトを始めたんだろう……」

「ほかにもっと稼げる働き先があっただろうに」

ＳＮＳには、数多くのネガティブなコメントが書き込まれていました。


一方で、新たな一歩を誠実に踏み出そうとする私に対して、好意的なコメントを寄せてくれる人々が現れ始めていたのです。

「頑張ってください。新たな三崎さんの活躍に、期待しています」

「地道にやり直せる三崎さんはすごいと思います。応援しています」

実際に私が働いている焼き鳥屋さんに直接来て、励まそうとしてくれる人までいたようでした。

数年ぶりに彼女ができたときも、ＳＮＳ上の人々の声は優しいものばかりでした。

「いいことがあってよかったですね！」

「彼女を大切にしてくださいね」

そして、私が失恋をし、女装して常軌を逸した行動を取ったときや、勃起しない自らの股間に「勃て！　勃て！　勃て！」と声をかけ続けていた動画を更新したときは、多くの人から、

「三崎さんは心を病んでいるのではないか」

「取り返しのつかないことになる前に、一度病院に行ってみてください」

などの心配の声が寄せられていました。

ネット上に、私に対する温かい反応が増えていくのを見るにつけ感じたのは、仮に大きな過ちを犯した人間に対しても、まっとうに頑張れば人々は受け入れてくれるということ。そして、私の言葉にも再び耳を傾けてくれるという実感でした。

時間はかかるかもしれないけれど、世間の人々からの信頼を徐々に回復していきたい。そして、社会に恩返しをしていきたい。次第にそう思うようになっていきました。

すべては自らの運命に一矢報い、過去を変えるため

あまりにもなりふり構わず、自分の恥部を全世界に向けて発信し続ける私に対して、

「なぜここまで自分のことをさらけ出すのか」

「バカにされ、笑いものになっても平気なのか」

と多くの人から、同じような質問を尋ねられました。ツイートや写真、動画を見た人が、私を笑いものにするであろうことは、自分自身よくわかっていました。


年商130億円の社長として華やかで悠々自適な日々を送っていた私が、巨額の借金を抱えた一人の無職に転落し、失恋し、男性機能にも問題を抱えた情けない姿を見せることは、多くの人の目にまるで〝ピエロ〟のように映ったことでしょう。

しかし、人生最大の危機に直面していた私には、プライドなんて残っていませんでした。頭なんていくらでも下げるし、他人にいくら笑われても、バカにされても、やるしかない。〝あの計画〟を実行するためには、私がこれまで培ってきた名誉やプライド、人間関係、すべてを失ったってかまわない。

そう覚悟を決め、常軌を逸するほどの強い意志を持って、私はSNSへの投稿を続けたのです。自らの運命に一矢報い、過去を変えるために――。

「他人にいくら笑われても、
バカにされてもかまわない。
すべては、自らの運命と
この理不尽な世の中に一矢報い、
過去を変えるため——。

第2章

「青汁王子」と呼ばれて

家にも学校にも「居場所」はなかった

変わり者、落ちこぼれ、社会不適合者……幼い頃から今に至るまで、そんなレッテルを貼られ続けてきた私の人生は、コンプレックスと挫折の連続でした。しかし、そのたびに過去を変えてきたつもりです。

私は、平成最初の年となった１９８９年に北海道札幌市で生まれ、幼稚園からオホーツク海近くの北見市へと移り住みました。北見市はタマネギの生産量が日本一で、自然が豊か。絵に描いたような穏やかで平和な土地でしたが、私の幼少期は決して平穏なものではありませんでした。

歯科医の父と専業主婦の母、年の近い妹との４人家族。特に裕福でもなければ、貧乏でもない。ごく平凡な家庭の長男として生まれたものの、物心ついた頃から私は家にいるのが苦手でした。

両親は仲が悪く、家族全員で食卓を囲んでいるときでも目を合わせようとせず、会話もしない。両親の間に漂う冷ややかな空気にさらされながら食べる味気ない食事。それが、私にとっての「家族の食卓」でした。

そんな家庭に育った反発心でしょうか、小さい頃から私はあまり親の言うことを聞かない子供でした。親から「あれをやりなさい」「これをやりなさい」と言われても、自分が正しいと思わないことはやりたくない。そんな反抗心たっぷりの幼少期に両親からよく言われたのは、「お前はどうして親の言うことを聞かないんだ」「産んでやったのだから、ありがたく思え」。


いつも不機嫌で怒ってばかりの両親を好きになれないまま成長し、小学校に通うようになりました。でも学校も、私にとって決して安住の地ではありませんでした。

自分が納得しないことは絶対にやりたくないし、他人に行動を決められるのも大嫌い。そんな私からすれば、学校での集団生活は苦痛そのものでしかありません。

あまりにも校則を破り続けていたため、

「なんで三崎は人と同じことができないのか。お前は問題児だな」

と、先生にも叱られてばかりでした。

家では両親から「産んでやってありがたいと思え」と怒られ、学校では先生たちからは「問題児だ」と叱られる。毎日、誰かに自分を否定され、バカにされ、怒鳴られる。それが、子供時代の私の日常でした。

今思い出してみても、子供時代に誰かに褒められた思い出はひとつもありません。どんなに怒られても、かたくなに自らの意志を貫き通そうとする私を見て、周囲の友達からは「三崎って変わってるよね」「俺たちとはちょっと違うよな」と言われることも多く、それも自分にとってはひそかなコンプレックスでした。

家族も、友達も、先生も、誰も自分のことをわかってくれない。誰も自分を必要としていない。どこにも自分の居場所なんてない。

中学に入ると集団行動がますます苦手になり、私はどんどん学校や家庭から心が離れていきました。でも、どんなに先生に怒られようとも、どんなに周囲から変な目で見られようとも、「自分の信じたことしかやらないし、嫌なことはやりたくない」という姿勢が変わることはありません。まだ子供だった私には自分の言葉で反論することもできず、一人孤独に、かたくなな態度を取ることしかできませんでした。

ここではない、自分の居場所を探して札幌へ

家にも学校にも居場所がない。なら、ここではないどこかへ行きたい。そう考えていた頃、ひとつのチャンスが訪れます。卒業が近づき、進路を考えていた中学3年生の秋、私は思い切って親に伝えました。

「もう地元にはいたくない。北見を離れて札幌の全寮制の高校に行きたい」

当然、親はびっくりしていました。ただ、両親の仲の悪さも最高潮に達していたこともあって、「問題児の息子が少しでもおとなしくなるなら、札幌に行かせるのもいいかもしれない」と札幌行きを許してくれました。

やった、これで地元から離れられる。ようやく、自分の居場所を探しにいける。

家族や頼る人が誰もいない土地で暮らす不安より、新しい土地に行けるという期待がこみ上げるなか、私は一人札幌へと向かいました。

北見市という田舎町からやってきた15歳の少年にとって、札幌は夢のような場所でした。見るものすべてがキラキラと輝く、とてつもない大都会。街を歩くたび目に入るビルのネオンや人の多さに圧倒されていました。

新しい友達、新しい街、新しい環境。そんな新しい刺激に囲まれて、「札幌に来てよかった」と心底思っていました。ここでなら、自分の居場所が見つかるかもしれない。でも、そんな淡い期待は、学校に通い始めて早々に裏切られることになりました。

「もう学校に来ないでくれ」社会不適合の烙印を押された高校時代

札幌の学校へ通い始めて目の前に立ちはだかったのが、中学時代よりも一層厳しい集団生活でした。

私のように親元から離れてきた学生のために寮が用意されているものの、寮には当然門限があります。食事や入浴、就寝時間など、すべてが厳密に決められていて、まるで軍隊のように厳しいものでした。もともと誰かにルールを押し付けられるのが苦手な私にとって、「何時までに帰ってきなさい」「何時までに風呂に入りなさい」「何時には消灯します」などと指図され、24時間ずっと決まった生活リズムを強制される日々は、とてつもない苦痛でした。

なぜ、他人に合わせなきゃいけないんだろう。

なぜ、毎日学校に行かなくちゃならないんだろう。

そんなことを考えていくうちに、中学時代と同様、いつしか学校へ行く回数が減っていきました。授業に出なければ、勉強もよくわかりません。そうすると勉強がつまらなくて、ますます学校には行かなくなる。そんな悪循環が生まれていきました。

学校に行かなくなれば、当然、学校側から目をつけられます。「ちゃんと学校に来ないと退学になるぞ」と何度か注意を受けたものの、私はほとんど学校に行くことがありませんでした。

そして、入学から2か月後。教師から「規律を乱す生徒がいるとほかの生徒の迷惑だから、学校に来ないでくれ」と、命じられてしまったのです。

「それって、退学ってことですか？」

そう聞き返すと、教師は苦い顔をしながら「そういうことになるな」と答えました。

よろよろと寮の部屋に戻り、一人荷物をまとめながら、「どうして自分はほかの生徒のように、普通に学校に通えないんだろう」と情けない気持ちがこみ上げてきました。退学になったとはいえ、地元には帰りたくない。そんな私が次に入り直すことができたのは、同じく札幌にある別の全寮制の高校でした。その高校は校則や規律はかなり緩い学校だったにもかかわらず、やはりどうしても私は集団生活になじむことができませんでした。

この学校でも休みがちになり、次第に「問題児」として目をつけられていくようになります。寛容な高校だったとはいえ、あまりにも学校を欠席する私の様子は目に余ったのでしょう。

高校2年生の中盤、いよいよ学校側から呼び出しがきました。学校へ行ってみると、厳しい顔をした教師が待ち構えていました。

「残念だけど、君はもう退学だ。たぶん、君は集団生活には向いていないんだと思う。通信制の学校なら年に5〜6回だけ学校に行けばいいから、きっと君も高校を卒業できるはずだ」

その言葉とともに、私は再び高校を退学になってしまったのです。

教師の口から「退学」との言葉が出た瞬間、「あぁ、自分はここでも必要のない存在なんだな……」と頭が真っ白になりました。

普通の人であれば、最初に入学した高校をきちんと卒業するのに、私は2回も失敗してしまった。その事実に直面し、私はかなりショックを受けていました。

他人と同じように社会になじめない自分が心底嫌いで、惨めでした。

「ほかの人にできることが、どうして自分にはできないんだろう」

そうしたコンプレックスは、その後もどんどん大きくなっていきました。そして同時に、「今後の人生をどうやって生きていったらいいんだろう?」と真剣に悩むようになっていったのです。

「自分もあんなおじさんになるんだろうか……」

高校を退学になり、通信制高校へと転入した後、私はひとつの目標を心に誓いました。それは、「自分の力でお金を稼ぐ」ということ。

学校の寮を追い出された結果、当時の私はアパートで一人暮らしを始めていましたが、当面の生活費は親に払ってもらっていました。親元が嫌で離れたのに、いつまでも親のお金に依存した生活をしたくはない。だから、早く自立をしなければと思ったのです。

また、2回も高校を退学になった自分が大学に行けるとは思えない。それならば高校卒業後すぐにでも働いて、自分自身で稼がなければいけないとも思ったのでした。

自分には何ができるのかを探るため、ひとまず飲食店を中心にアルバイトの面接を受けてみました。しかし、結果はすべて不採用。面接での受け答えが悪かったのか、高校を2回も退学になっている経歴がよくなかったのかはわかりません。でも、ことごとく不採用になったことで、「自分はバイトすらできない人間なんだな……」と強い挫折感を味わいました。

誰からも雇ってもらえない。どんな会社も自分なんか必要としていない。今後、僕はどうやって生きていったらいいのだろう。

そんな不安を抱えながらも、具体的には何も動きださないまま、札幌で出会った友達とダラダラと遊ぶ日々を続けていました。

そんなある日、家の近くのコンビニに朝ご飯を買いに行こうと近所の道を歩いていると、父と同じ年40代くらいの男の人がパチンコ店の列に並んでいる姿が目に入りました。

すり切れたジャンパーに、汚れたボロボロのズボン。髪の毛も髭も伸ばしっぱなしで、くわえタバコ。顔色も悪いうえに、でっぷりとしたお腹を突き出している。でも、そんな外見に気を払うことなく、ヨレヨレのスポーツ新聞を食い入るように読み込んでいる。一言でいえば、とてつもなく「くたびれたオジサン」でした。

「あぁ、そういえば昨日この道を通ったときも、この人を見たなぁ。このおじさん、本当に暇なんだろうな……。あれ？　もしかすると将来、自分もこんなおじさんになってしまうんじゃないか……」

そんな不安が、フッと頭をよぎりました。

高校を二度も退学になり、アルバイトの面接も受からない。勉強もまったくしていないから大学にも行けないし、頭もよくない。こんなふうにダラダラとした10代を送っていたら、将来、自分もこのおじさんみたいに、毎日することもないままダラダラとパチンコに通う生活になるのかもしれない。

そう思った瞬間、漠然とした恐怖感が押し寄せてきて、途端に自分の人生が不安で不安で、どうしようもなくなりました。

今すぐ、何かしなくちゃダメだ。

その強い危機感に突き動かされたそのとき、パッと頭に浮かんだのが「とりあえずパソコンを買ってみよう」というアイデアでした。

当時の私がパソコンに詳しかったかというと、決してそんなことはありません。私のパソコン経験といえば、中学の授業で少し触ったことがある程度。それでも、「何か新しいことをするならパソコンだろう」と思った私は、ありったけのお金をかき集め、初めてのパソコンを買いました。

でも、この決断が、私の人生における大きなターニングポイントになったのです。

書店で出会った「黄色い本」が運命を変えた

パソコンを買ってみたものの、具体的にどうやってお金を稼ぐかということについ

勉強もまったくせず、高校は二度も退学、
アルバイトの面接も受からない。
このままだと、毎日パチンコ店に通うような
「あんなおじさんになるんだろうか……」
と不安がよぎり、どうしようもない恐怖感に襲われた。

強い危機感をいだき、

「今すぐ、何かしなくちゃダメだ」

と行動したことで人生を変えることができた。

ては、特に明確なビジョンを持っていたわけではありません。

「どうやったら、自分の人生を変えられるんだろうか……」

そんなことを考えながら、ふらりと本屋に立ち寄りました。ブラブラと本棚を眺めていると、ふと目に飛び込んできたのが、黄色い表紙と赤い帯に書かれた「月収400万円稼ぐ」という文字。通信販売会社オンライフの社長であった持丸正裕さんが書いた『ケタ違いに儲かるアフィリエイト術』という本でした。


この本の内容を端的に言えば、「携帯電話のアフィリエイトサイトでどうやって儲けるか」というものです。

その当時、「携帯アフィリエイト」という言葉自体を知らなかったのですが、本に書かれていた「初心者でも大丈夫」というキャッチコピーに惹かれたこと、そしてパソコンで何か稼ぐ方法があるのなら知りたいというくらいの気持ちで本を買い、読み始めました。

しかし、そこで初めて知ったアフィリエイトの存在は、私にとってかなり衝撃的でした。

アフィリエイトを知らない方に向けて簡単にその仕組みを説明すると、アフィリエイトとは、インターネットを利用した「成果報酬型広告」と呼ばれる広告宣伝の一種です。自分が作ったメディアやサイトに、いろいろな広告主の商品や広告が掲載されたリンクやバナーを掲載します。自分のサイトを訪れた人が、そのリンクやバナーから各企業のサービスや商品を購入すれば報酬が支払われるという仕組みになっています。

肝心なのは、「いかに多くの人が訪れるサイトを作れるか」ということ。

2006年当時、パソコン向けのアフィリエイトサイトはすでに飽和状態でしたが、携帯用のアフィリエイトサイトはまだ黎明期といえる状態で、参入者がほとんどいませんでした。それゆえ、同書のなかでは、まだライバルが少ない携帯アフィリエイトサイトに今から手を出せば、市場で存在感を示すことができると紹介されていました。サイトを作るだけでお金を儲けることができる。これなら何のスキルも資格もない自分にもできるかもしれない。俄然、興味が出てきた私は、早速、携帯アフィリエイトをやってみようと決意しました。

結果的にこの本との出会いが、私がアフィリエイトビジネスを始め、のちに130

億円稼ぐビジネスモデルを考え出す大きな契機となったのです。

最初は、本を読むだけではわからないところがたくさんありました。でも知識をため込むだけでは身につかないので、とりあえず何か作ってみよう。そう心に決めて、手探りながら携帯アフィリエイトサイトを自分で作り始めました。

私が最初に作ってみた携帯アフィリエイトサイトは、ゲーム「龍が如く」の携帯電話向けの攻略サイト。

「龍が如く」は大好きなゲームで、攻略法もよく知っていました。高校に行かない私には、時間だけはたっぷりある。パソコンなどでほかのサイトの仕様を参考にしながら、なんとか独学でサイトを作り上げることができました。

我ながら「これはよくできたな」と思うまでサイトをブラッシュアップした結果、サイトを作ったその月、ドキドキしながらアフィリエイト報酬の金額をチェックしました。

すると、その売上は、10万円以上！

「え、こんなに稼げるの!?」と驚いたのと同時に、初めて自分の力とアイデアでお金を稼いだという満足感がありました。「自分のアイデアと努力でお金を稼ぐことは、こんなにも幸せなものなんだな」と人生で初めて体感したのです。社会不適合者、落第生と言われ続けてきた私にも、もしかしたらできることがあるのかもしれない。人生に突破口が見えたような気がしたその瞬間、頭の中にアドレナリンが湧き上がってくるのを感じました。

アフィリエイトの世界に夢中になり、私は24時間、ひたすらモニターの前に座り続ける日々を送るようになっていました。

朝起きたら、まずやることはパソコンの起動。衣食住以外はずっとパソコンの前にいたと思います。以前は友達と一緒にゲームなどで遊ぶことも多かったのですが、この当時はパソコンに向き合っているほうがおもしろくなってしまって、友達に会う回数はどんどん減っていきました。

たまに友達が遊びに来ても、私は一人でパソコンに熱中。そんな私の姿を見た友達からは、「三崎はオタクになっちゃったんだな」と何度からかわれたかわかりません。

でも、どんなにバカにされても、どんなに笑われても、他人に理解してはもらえなくてもいい。今はとにかくパソコンに徹底的に時間を使いたい。

そして、これまでのコンプレックスだらけだった過去をなんとかして肯定したい。

そんな必死な思いで、アフィリエイトの世界に没頭していきました。

18歳でつくった「初めての会社」

アフィリエイトを始めた後は、「どうしたらもっとサイトに人が訪れてくれるだろうか」ということばかり考えていました。「こうすればクリックされやすいんじゃないか」とか、「こうすればランキングで上位を取れるんじゃないか」などといろいろな仮説を立て、試行錯誤を繰り返しました。すると、その仮説がおもしろいほどに次々当たり、2か月目には売上が30万円を達成したのです。

自分のアイデアと力だけで、高校を出て就職した先輩の月収の2倍近い金額を稼ぐこと。その事実に、私はとてつもなく興奮していました。

「アフィリエイトってすごい。本当にやればやるほど、結果が出るじゃないか」

誰にも忖度する必要がない、圧倒的な実力の世界。そんなアフィリエイトの世界は、私の性格と相性がよかったように思います。

ますます売上が伸びてくると、優秀なアフィリエイターとして認定されたのか、今度はいろんな広告会社から「うちで取り扱っている広告を貼ってくれないか」と声がかかるようになりました。

問い合わせがあまりにも殺到したため、「これはとても一人で回すことはできないな」と感じた私は、友達に声をかけて、人海戦術でアフィリエイトを運営することを決めました。人手が増えた分、売上はますます上がり、月の売上は400万円ほどに。頑張った分だけ周囲から評価され、お金が手に入る。それ以上に人生で楽しくて刺激的なことなんて、きっとない。そう、確信していました。

私が18歳になった2007年には、アフィリエイトでの年間売上高は1億円にも到達していました。

そんなとき、私は何年間か会っていなかった父と再会することになりました。父と母は数年前にすでに離婚していましたが、たまたま札幌に父が商用で来ることがあり、久しぶりに会う約束をしたのです。

父に会って、自分がビジネスをやっていること、高校は2回退学になったけれど、今の仕事を続ければ生活はできそうだということを伝えました。

すると、父から「いったい、いくら稼いでるんだ?」という質問がありました。

「実は今年は1億円くらい稼いだんだよね」

父は目を見開き、驚いていました。

「嘘だろ。信じられない」

そんな言葉をひとしきり投げかけられた後、父がぽつりとつぶやきました。

「お前、税金は大丈夫なのか?」

当時、高校を卒業したばかりで、自分が働いて稼いだら税金を払わなければならないという社会のシステムをまったく知りませんでした。

「え、お金を稼ぐと税金がかかるの?」

「そうだよ。税金を払わないと税務署に調査されるから、まだ何もしていないなら急いで対策したほうがいい」

「……そうなんだ、全然知らなかった」

このとき、自分の人生を狂わせることになる「税金」という存在を初めて知ることになりました。

焦った私は、自営業者だった父から懇意にしている税理士さんを紹介してもらい、いろいろと相談することに。すると税理士さんから「売上規模も大きいので、会社化したほうがよい」というアドバイスをもらいました。

正直、まだ高校を出たばかりなのに、自分で会社を経営するなんてとんでもない大きな出来事に感じられました。

落ちこぼれの私が経営者になんてなれるのだろうか。不安を抱える自分の心に、ふと浮かんだのは「過去を変えたい」という強い思いでした。

落ちこぼれで集団行動の苦手な私が、今後の人生で誰かに雇ってもらえるとは思えない。奇跡的に誰かに雇ってもらえたとしても、これまでと同じようにバカにされ、変わり者扱いされるだけに決まっている。アルバイトも受からないし、勉強だって得意じゃない。高校は2回も退学になったし、周囲の人と同じように大学に通うこともできなかった。

でも、自分の過去を一生後悔して生きるのは絶対に嫌だ。コンプレックスだらけの過去を後悔するのではなくて、「こんな過去の失敗や挫折があったからこそ、今の自分がある」と肯定できるような人生を送りたい。そのためには、私は経営者になって成功してやる。いや、大成功できなければ死んだってかまわない。

覚悟を決めた私は、２００７年11月22日に、その後12年近く人生を賭けて一緒に走っていくことになる株式会社メディアハーツを立ち上げました。

目の前のチャンスは、何があってもつかみ取れ

アフィリエイト事業が少しずつ拡大していき、売上はどんどん伸びていく。やった分だけ成果が出るという状況に、私はすごく興奮していました。

新しい手法を考えて、もっと大きくしてやろう。仲間たちと一緒にもっと稼いでやろう。これまでの人生でくすぶっていたコンプレックスを、一気に燃やし尽くすような勢いで、アフィリエイトビジネスにのめり込んでいきました。

ただ、そんな私の前に立ちはだかったのが、「周囲との温度差」という大きな壁です。

一攫千金のチャンスがあるのだから、みんなでこのチャンスをつかもう。本気でそう思って熱くなっていたものの、その一方で、一緒にアフィリエイトをやっていた仲間たちはどんどん冷え切っていました。

最初のうちこそみんなおもしろがって手伝っていたものの、次第に「彼女と遊ぶから今日はできない」「バイトがあるからその日は行けない」などと言って、なかなか手を動かそうとしない。

なぜ、目の前に一攫千金のチャンスがあるのに、みんなはこれをやらないんだろう。ここで頑張れば、きっと違う景色が見えるはずなのに……。

過去を変え、人生を肯定する。そのためには大成功をつかんでやる。そう決めていた私にとって、せっかく手にしたチャンスを逃すのは悔しくてしかたがありません。

でも、仲間たちにそんな思いを伝えても、

「なんで三崎はそんなに生き急いでるんだ？　まだ若いんだからもっと遊べばいい」
「まだ高校生なんだから、仕事ばっかりするなんてもったいない」
「女の子と遊ぶより仕事がしたいなんて、やっぱりお前は変わっているな」

などと笑われてしまう。

私自身も「なんで目の前のチャンスを手放すんだ！」と声を荒げて感情的になることも増えていき、仲間たちとの関係はますます険悪になっていきました。

今思えば、室内でパソコンにひたすら向き合っているより、彼女とデートしたり、飲食店などのアルバイトをする時間のほうが楽しいという彼らの感覚のほうが、よっぽど普通だったのでしょう。

でも、当時の私はそれがまったく理解できなかった。自分はみんなと一緒に稼いで、チャンスをつかみたいと思っていただけなのに、友達とは疎遠になるし、嫌われていく。周囲との〝温度差の壁〟というものを、このとき初めて知りました。

「自分と他人はどうしてこんなに感覚が違うんだろう」

「人の上に立って仕事をすることって、こんなにも難しいのか」

とはいえ、札幌の高校生だった私には、その悩みを打ち明けてわかってもらえる同世代の友達なんて当然いません。誰にも自分の悩みを聞いてもらえない。一人で悶々としている私のもとに、1本の電話がかかってきたのです。

憧れの人との出会い。そして、東京へ

携帯電話に通知される見知らぬ電話番号。誰からだろうといぶかしく思いながら電話を取ると、なんと私の転機となったあの〝黄色い本〟『ケタ違いに儲かるアフィリ

エイト術』の著者であり、通信販売会社オンライフの社長・持丸正裕さんでした。

アフィリエイトサイトを作るうえで持丸さんの広告会社を利用していたのですが、短期間で売上を急速に高めている私に興味を持ち、連絡をくれたのです。

「三崎さんはすごく売上を伸ばしてくれますよね。今度札幌に行くので、ぜひ一度会えませんか」

「え、いいんですか！」

「はい、いつもお世話になっているので、ぜひご飯でもご馳走させてください」

そう言われて数週間後、本当に持丸さんは札幌まで来てくれて、一緒に豪華なレストランでご飯を食べました。接待を受けたのは人生で初めてだったので、とにかく終始緊張しっぱなしでした。何より感動したのは、堂々とした持丸さんの態度です。

まだ20代前半でたった4歳しか年齢が変わらないのに、豪華なレストランやキャバクラに行くことができる。そんな持丸さんの遊び方を見て、「経営者ってすごいな。こんな遊び方があるのか」と衝撃を受けました。

かっこいい。東京で働いている人って洗練されてるんだな。

そのときまでは、ビジネスに対して「ただお金を稼ぐのが楽しい」「自分の工夫が評価されて嬉しい」という程度の感覚しかなかったものの、このとき初めて「経営者」というものに憧れを抱くようになりました。

会食以降も持丸さんとは取引を重ねていきました。忘れられない初対面の数か月後、ふとしたきっかけで持丸さんからこんな言葉をかけられました。

「三崎さんも東京に来たら？　いろんな人がいておもしろいよ」

「え、東京ですか？　でも、僕は東京に知り合いがいないし……」

「今の仕事は、北海道でも東京でもできる仕事だと思う。東京にはたくさんのチャンスがあるから、一度来てみたらいいんじゃないかな」

「……たしかにそうですね、ちょっと考えてみます」

札幌を離れる。その選択肢については、自分でもまだ一度も考えたことはありませんでした。ただ、周囲の仲間たちとの仕事に対する温度差を感じていた時期で、経営者の友達もいない。当時の私は、とんでもなく孤独感を抱えていました。

東京に行けば、自分と年齢の変わらない社長がいるかもしれない。自分と同じようにチャンスを夢見ているような仲間に出会えるかもしれない。もっと稼げるし、何よりもっと広い世界を見られるかもしれない。

そう考えた私は、会社を立ち上げた3か月後となる2008年1月、一人、東京へと向かっていました。

信頼していた役員からの裏切り

初めて訪れた東京は、札幌より何倍も活気がある街でした。札幌の何倍もの人がいるし、テレビで見たような建物がたくさん立ち並んでいる。その熱気に圧倒されて「これが東京か」と感動したのを覚えています。

この街で一攫千金のチャンスや、心が通じ合える仲間たちに出会えるんじゃないか。そんな夢を胸に抱きながら、早速、原宿の竹下通りにオフィスを借り、携帯サイトの運営会社をスタートさせました。しかし、ビジネスを開始して数週間で、現実はそんなに甘いものではない……ということを思い知らされることになります。

アフィリエイトの経験やスキルは十分にあったので、会社の利益自体は出すことができたものの、何より困ったのは対人関係です。

人を採用しようとしても、応募してくる人や紹介される人は私より全員年上です。クライアントもほぼ全員が年上。さらに会う人会う人が高学歴で、なかには有名企業の管理職まで上り詰めた人もいました。そんな人たちからすれば、札幌から出てきたばかりで高校すらろくに行っていない18歳の私は、肩書こそ「社長」ではありましたが子供のようなもの。仕事での打ち合わせや商談で私が何かを言うたび、

「なんでこんな子供の言うことを聞かなきゃならないんだ」

というオーラがひしひしと伝わってきました。

心を許せると思った相手から騙されることもありましたし、「まだガキだから簡単に言うことを聞くだろう」と思われたのか、怪しい儲け話を持ってくる人も後を絶ちません。

さらに決定打となったのは、信じていた自分の会社の役員に裏切られ、機密情報をライバル企業に売られそうになるという事件が勃発したことです。結局、データを持ち出される前に事態が発覚して事なきを得ましたが、私の心はかなり荒んでいきました。

当時18、19歳だった私からすれば、その30代の役員は社会経験も豊富で、とても大人に見えました。誰も知り合いのいない東京で、二人三脚でやっていく大切な仲間だとすら、私は思っていたのです。それなのに裏切られた……。

大人は自分のことを騙してばかりだ。東京にも居場所はない。それが強いストレスになり、事件以降、朝は起きられず、出社できない日々が続きました。

「なんだか最近体の調子が悪いなぁ……どうしたんだろう」

そう思って病院で検査を受けると、診断結果は「うつ病」。ストレスが原因で体に不調が出てしまったのです。

せっかく自分は故郷を離れて東京に来たのに、結局は人に騙されているだけだ。そんな思いから、知り合いもほとんどいない東京で誰を信じてよいのかわからず、気がつけばすっかり人間不信に陥ってしまいました。

今思えば、20歳前だった私は、同年代のビジネス仲間が一人もいなく、常に孤独でした。もし同世代の経営者仲間でもいれば、だいぶ心も救われたかもしれませんが、20歳前後で会社を経営している人はまだ珍しい時代でした。たまに取引先の会社に若い経営者がいても、業種が近いとライバルのような存在になり、なかなか本音で話すこともできない。誰とも悩みを共有することができず、孤独感と向き合う毎日。東京に頼れる人は誰もいなくて孤立無援のなか、毎晩のように「オレ、どうなっちゃうんだろう」「東京はつらい」と北海道の知り合いに泣きながら電話する日々が続いていました。

こんなカッコ悪い経営者にはなりたくない

孤独感を募らせる一方、「経営者」という職業に絶望したのもこの時期でした。踏み出すきっかけをつくってくれた持丸さんとの出会いから、東京の経営者に対して「カッコいい人たち」という先入観を抱いていました。しかし仕事上の付き合いなどで、インターネット関係の経営者たちとキャバクラやクラブなど女性のいる店に行く機会が増えると、そのイメージは裏切られることになります。

高級クラブやキャバクラへ行く経営者の多くは、お金はすごく持っているけれども、外見には気を使わない人ばかり。太っていても気にしないし、髪の毛もボサボサ。手入れをしている様子もない。服装にはほとんどお金をかけていないので、ヨレヨレの汚いTシャツやダボダボのジーンズで店を訪れるような人も少なくありませんでした。

はっきり言えば、そのへんにいたら絶対にモテないタイプです。明らかにモテなさそうな彼らが、「俺とアフターするなら、このお金あげるよ?」「俺と付き合えば、あのバッグを買ってあげるけど、どうする?」などと、札束を見せびらかして、お店にいる女の子たちを口説こうとする。

女の子たちも「うわー、どうしようかな」「え、行きたい!」などと嬉しそうな声を出して笑顔を作ってはいるものの、内心では嫌がっているのがよくわかります。

その場面を見たときは「うわ、お金で女の子の気を引こうとするのって、めちゃくちゃカッコ悪いんだな……」と絶句してしまいました。しかし、その後もネットビジネス界隈の人とご一緒し、そんなシーンを何度も見ることになりました。

そのときに感じたのが、「経営者ってカッコ悪いな」「お金持ちだからって幸せなわけじゃないんだな」ということ。

経営者になれば、お金持ちになって素敵な生活を送れて、幸せになれるはずだ。そう思って、たくさんお金を稼ぐために経営者を目指してきた。でも、お金の力で女の子からモテたとしても、自分自身が本当に魅力的でなければ虚しいだけ。お金で人の心は買えない。

私はずっとお金を稼ぎたいと思って経営者を目指していたけれども、結局、経営者になっても幸せになれるとは限らないのか。「お金」にしか強みを持っていない大人になるんだったら、別に経営者になんてなりたくない……。

年下だからとバカにされ、信頼していた役員には騙され、経営者としての自信を失いかけていた矢先、周囲の経営者たちが、お金をちらつかせて女の子を無理やり従わせる光景を目の当たりにして、経営者に対する憧れが、どんどん冷めていくのを感じました。

上京してから数年のうち、そんな周囲の大人や経営者たちへの不満や嫌悪感が積み重なっていった結果、私は「しばらく経営から離れる」という決断をしました。

ビジネス自体は大好きでした。自分のアイデアが形になって、お金に換わり、世の中を動かす。その興奮は何物にも代えがたいものがありました。

でも、このままでは経営自体を嫌いになってしまう。だから、機が熟すまで、今はしばらく経営から離れよう。そして、立ち上げたビジネスも人に譲り、会社を休眠させることにしたのです。

頑張って貯めた1億円を投資で失い、再びゼロからのスタート

経営者を退いていた間、私はFXや株を売買する投資家として過ごしていました。意外に思われるかもしれませんが、この期間は他人に会うのが怖くて、ほぼ誰とも会わず、部屋にこもりっきりでした。経営者時代に周囲の人々から裏切られ、バカにされた体験がトラウマになり、「もう誰とも会いたくないし、関わりたくもない」とすら思っていました。

たった一人でモニターに向かい、刻一刻と変動する〝数字〟と向き合う日々は、ただただ孤独でした。でも一人でいれば、誰からも年齢や学歴のことをバカにされることはない。騙されることも、傷つけられることもない。

人間関係に疲れ、マンションの部屋のなかで一人で過ごす日々は、はたから見たらただのひきこもりのように見えたかもしれません。でも、今考えてみると、ああやって内にこもっていた期間は自分の心を落ち着け、内面を見つめ直すために必要な時間だったと思います。

一人でいるのは気楽だし、傷つく心配もない。でも、自分の居場所はここなのかと聞かれれば、決して「YES」とは答えられなかったでしょう。そんなひきこもり生活を続けるなか、経営者としてビジネスをして、たくさんの売上を得た日々のことをどこか懐かしく思っている自分がいました。

いつかあの場所に戻りたい。そしてまた、経営に携わりたい。

そんなことを思いながら、いつしか数年が過ぎていきました。そして24歳になったとき、ある事件が起こります。

「もう誰とも関わりたくない」と考えていた私は、一生生きていけるだけの資金を得るため、一攫千金を狙って、これまでに稼いだ1億円の貯金を投資につぎ込んでいました。

しかし運命とは皮肉なもので、その投資は大失敗。一気に無一文になってしまったのです。「あぁ、また振り出しに戻ったのか。この1億円を稼ぐまでに死ぬ思いをして働いて、うつ病にもなって、大人にもたくさん騙された。そんなに苦労して稼いだ

1億円を一瞬にして失ってしまうなんて、なんて自分はバカなんだろう……」と絶望感に駆られました。

しかし、同時に、自分の心に不思議な爽快感が湧いてくるのを感じていました。

「資産をすべて失ってしまったということは、自分にとってひとつのタイミングなのかもしれない。またゼロからやり直すチャンスなんじゃないか」

その頃には同世代の起業家たちが出現しはじめ、東京での知り合いも増えていました。もしも今、東京でビジネスを始めたら、きっとあのときよりもうまくやれるはずだという確信もありました。

そして2014年、私は休眠させていたメディアハーツで新たに美容部門を立ち上げ、健康食品の通販事業に乗り出すことに決めたのです。

参入障壁が低くて、自分も興味がある。それが美容業界だった

なぜ、私が、まったく未知の領域である健康食品の通販事業を選んだのか。

それは、「今からやるにあたって、参入障壁が低く、なおかつ自分が好きなことで、

少ない資本ですごく伸びる業態は何か」を徹底してリサーチした結果でした。

数年前にやっていた携帯サイトの運営事業は、スマートフォンの台頭ですでに尻すぼみになることは目に見えていました。ならば既存の市場は捨て、新しい業界でビジネスを始めないと、爆発的な結果を出すことはできないはず。そこで、近年のいろいろな上場会社の決算書などを読み込んで調べ上げた結果、美容業界の伸びが爆上げしていることに気がついたのです。

また、私自身が美容に強い関心を持っていたことも、この業界を選んだ大きな理由のひとつでした。経営者は高級料理ばかりを食べて、ほとんど運動もせず、外見がだらしない。それでもお金があれば異性が寄ってくるから、ますます外見に気を使わない。それが当時、私が抱いていた経営者への印象でした。

でも、自分はそんな大人にはなりたくない。年齢を重ねても、かっこいい経営者でいたい。そう思っていたからこそ、日頃からスキンケアや食べるものにも気を使うようになっていました。

では、具体的には何を売るべきか。それを考えていたとき、たまたまパッと目に飛び込んできたのが「青汁」でした。

私は健康のために毎日青汁を飲む習慣があるのですが、これがとにかくマズい。青汁は何十年も前から日本人に親しまれてきた健康食品だし、その効能は多くの人が認めるものです。できるだけ毎日飲みたいけれど、あまりのマズさに青汁を飲むたびに嫌な気分になる。青汁を飲む時間は、苦行そのものでした。

「この青汁がもっと飲みやすければいいのに……。あれ!? もしかして飲みやすい青汁ができたら、若い人にも売れるんじゃないかな?」

そうしたアイデアの末、2014年7月に生まれたのが、のちに年商130億円を叩き出すヒット商品「すっきりフルーツ青汁」だったのです。

コンプレックスの塊だった田舎者が年商130億円の社長へ

「すっきりフルーツ青汁」の発売後、真っ先に強化したのは「広告宣伝」でした。

美容や健康食品業界において、広告はビジネスの成否を分ける大切な要素です。いかに良い商品を作っても、使いだしてから効果が出るまで多少は時間がかかるため、商品自体の差別化を図ることが難しい。特に「すっきりフルーツ青汁」の場合はネット通販を中心としていたので、店舗などで偶然手に取られることもない。そのため、まずは「商品の存在を知ってもらうこと」が一番重要でした。

「すっきりフルーツ青汁」の存在で知ってもらい、手に取ってもらう。そのためには、商品の良さをアピールして、広告で制するしかないと確信していました。

でも、問題は資金力です。投資で資金を失い、このビジネスに使えるお金は、約1000万円程度。すべて、知人に頭を下げて借りて、かき集めたお金でした。商品開発に資金を使えば、広告に使える費用はごくわずか。そんなときに役に立ったのが、高校時代から長年培ってきたアフィリエイターとしての経験値でした。

他人に広告宣伝を頼む資金がなければ、自分で宣伝して売ればいい。

かつてアフィリエイター時代に培ったノウハウをフル活用して、広告代理店を通さず、自分でさまざまな広告を打つという手段を取りました。

その結果、一時は商品が売れすぎて、商品製造スケジュールやキャッシュフローが立ちゆかず、広告宣伝費にお金を回す余裕がなくなったこともありました。

でも、そのときも私はひたすら広告を出し、広告の量を従来の倍にまで増やしました。周囲のスタッフからは「今、会社の資金繰りが厳しくて、一歩間違えれば会社は黒字倒産しかねない。少し売上が落ち着くまで待ったらどうか」と何度も言われました。しかし、私には「引く」という選択肢はありませんでした。

ここで広告を打つのをやめたら、せっかくのいい流れが崩れてしまう。いくらキャッシュフローが厳しいからといって、このチャンスをつかまないのはもったいない。一度、全財産を失った自分にとって、怖いものは何もありません。

これまでの何年間、たくさんの人に騙されたし、悔しい思いもたくさんしてきた。ダメな過去と決別し、逆転するためには、ここで絶対にチャンスをつかみたい。今の私には失うものは何もない。どんなことでも「挑戦する」ことに意味があり、何度転んでもがむしゃらに立ち上がればいい。

そう考え、身を切る思いで広告を出し続けました。

もし失敗したら、倒産は免れない。まさにギャンブルともいえる賭けに打ってでた数週間後、スタッフから報告が寄せられました。

「三崎社長、とんでもない勢いで売上が伸びています！　この調子なら広告費もしっかり回収できるはずですし、キャッシュフローも落ち着きそうです」

その言葉を聞いたとき、経営者としての一歩を再び踏み出した気がしました。自分は勝負に勝つことができたんだ——。

その直後、私はずっと憧れだった六本木の東京ミッドタウン・レジデンシィズの高層階へと住居を移しました。引っ越した日の夜、色とりどりのネオンが輝く東京の夜景を眺め、酒を飲みながら、こう思ったのを覚えています。

そうだ、自分は本当に成功したんだ。これまでずっと欲しかったものを、自由に手に入れられる存在になったんだ。

これまで大変な目にばかりあっていたのだから、これからは人生を思いっきり楽しんでやろう。そう心に決めました。

自分のようなダメな人間でも成功できる

青汁が売れ始めた2016年の後半、世の中から「すっきりフルーツ青汁」が持てはやされる一方で、私の心は再び強い劣等感に苛まれていました。

当時、自分で企画した商品が爆発的に売れ、役員報酬もたくさんもらい、高級タワーマンションやブランド品、高級車など欲しかったものは手に入れた。夢に描いていた成功者になっていたはずなのに、それでもどこか満たされない思いが心を覆いつくしていました。

それは突き詰めると、やはり自分への「コンプレックス」だったと思います。

周囲の若手起業家たちや大企業で働く取引先の人々を見回してみると、多くの人は大卒で、有名企業で働いた経験があったり、留学経験や立派な資格を持っていたり、優秀な人ばかりでした。高卒で、しかも二度も高校を退学になった人間なんて、たぶん私しかいなかったでしょう。

そんな優秀な人たちに囲まれていると、死ぬほど売上を立て、どれほど稼いでも「自分は社会不適合者だ」という劣等感を拭うことができなかったのです。

成功者の仲間入りをしたような気になっていたけれども、学歴やキャリアなど、いろんなものが欠けている私は、いつまでたっても一人前にはなれないんじゃないか。

「すっきりフルーツ青汁」が売れ始めたときに少しは挽回したように思えた自分のコ

ンプレックスや自信のなさが、再び私のなかで頭をもたげていました。

自分が目指すべき目標はどこにあるのだろう。

そのとき、ふと頭に浮かんだのは「だったら、自分みたいな過去を持つ人間から憧れられるような経営者になればいいじゃないか」ということ。

どんな逆境に置かれた人間であっても、成功できることを世に発信したい。いや、自分のような存在がいることを世に発信することでしか、自分の居場所を得ることはできないんじゃないか。ならば、社会に自分の存在をもっとアピールするために、今後は発信力を培っていこう、そう決意しました。

「青汁王子」と呼ばれて

「発信力を持つ人間になろう」

そう決意した私は、経営者なのに寝る間も惜しんでメディアに露出し続けました。

第5章で後述しますが、「経営」と「メディア露出」という〝二足の草鞋〟をやって

「高校は二度も退学し、
「社会不適合者」とレッテルを貼られ、
劣等感の塊だった。
しかし、**どんな逆境に置かれようとも、**
自分のようなダメな人間でも
成功できることを知ってほしい。

いたのには理由がありました。

2017年頃、そんな決意をした矢先に、たまたま知人から声をかけられたのが1本のネット番組への出演でした。その後も何度か出演すると、周囲の人から「見たよ」と声をかけられることが増えていきました。それを機に「メディアに出るのは影響力があるんだな」とその威力に驚かされ、さまざまなテレビや雑誌などに積極的に出るようになっていったのです。

しかし、ただメディアに出るだけでは、すぐに飽きられてしまいます。そこで、世間が抱く「若手起業家」というイメージ通り、徹底的にお金持ちのキャラを演じることに決めました。ブランドもののスーツを着て、高級外車を乗りまわし、2億円もする競走馬を購入するなど、「これぞ金持ち」という絵に描いた豪遊ぶりをテレビで見せつけたのです。

そうした金持ちキャラが功を奏したのか、ついたニックネームが「青汁王子」。そのネーミングとともに、ますます認知度が上がっていきました。

一方で、お金をバンバン使う姿をテレビで見せる私に対して、ネガティブな印象を抱く人も少なくありません。

知り合いからは「目立ちたがり屋だな」「あんなに私生活を露出するなんてバカみたい」といった陰口をたたかれたこともありました。ネットでも「本当のお金持ちは自分の生活をさらしたりしないから、きっとバックに黒幕がいて、操られているに違いない」などと陰謀論をつぶやく人も後を絶ちませんでした。

知人の経営者たちからも、「三崎君みたいに目立つと周囲からひがまれるから、オレは目立たなくてもいい」と言われることもありました。

嫌味や悪口を言われて、傷つかなかったといえばウソになります。でも、「自分自身に発信力をつけるためにメディアに出続ける」という決心は変わりませんでした。なんでもいいから自分のコンプレックスを埋める方法を見つけなければ、この空虚な気持ちは埋まらない。それがわかっていたからです。

日本のように同調圧力が強い国では、みんなと同じであることのほうが正しいとされます。そのなかで自分だけ目立とうとすれば、妬みを買ってしまう。それを怖がっているから多くの人は目立たないよう、おとなしくしている。

しかし、実際に目立ってみると、目立つことで得られるメリットは、妬まれるデメリットよりとんでもなく大きいことに気づかされます。

目立ちたい人にとって、日本ほど苦労せずに目立つことができる国はありません。同調圧力が強くてみんなが横並びだからこそ、ちょっとでも人と違うことをするだけで、注目を浴びることができるのです。

生まれてからずっと、「お前はなんで他人と違うんだ」「三崎君は変わっているよね」と言われて育ってきた私にとって、これは大きな発見でした。

むしろ普通の人と同じように学校に行き、大学へ進学し、就職をするという人生とはまったく違う人生を歩んできたから私だからこそ、他人と違う発想ができるし、違う価値観で行動できる。それ自体がプラスになるシーンも増えていきました。

「もしかしたら、他人と違うということは、そんなに悪いことではないのかもしれない」

コンプレックスだらけの過去だったけれど、自分がこれまで歩んできた日々はそん

日本は「同調圧力」が強い国。

「みんなと同じであること」が正しいとされる。
同調圧力が強くてみんなが横並びだからこそ、
少しでも人と違うことをするだけで、
注目を浴びることができる。
日本ほど簡単に目立つことができる国はない。

目立つことで得られるメリットは
とてつもなく大きい。

なに間違ってなかったんだ。いや、この過去があるからこそ今があるんだ。自分の過去に対してポジティブな気持ちになれたのは、このときが初めてだったかもしれません。

そんな心の変化とともにメディア露出が増えたことが相乗効果を生み、2017年度のメディアハーツの売上高は130億円を達成。

ビジネスが好調になっていくにつれて、プライベートもますます充実していきました。

高級マンションに住みながら、1個何百万円もするようなブランド時計を買い、憧れの外車を乗り回す。毎晩のように繰り広げられる、ミシュランの星付きレストランや高級割烹での会食。時には外資系の高級ホテルのワンフロアを何百万円も出して一晩貸し切り、高級シャンパンを何百本も用意して、パーティーを繰り広げることもありました。

さらに、メディアに出るようになってからは、黙っていても「この人はよくテレビに出ているあの有名な健康食品会社の社長さんだよ。若いのにすごい人なんだ」と誰かが勝手に紹介してくれるので、周囲の人々も私をチヤホヤしてくれました。

知名度が上がるにつれ、大きく変わったのが有名人たちとの交際です。毎日違う美人モデルと連れ立って飲みにいったかと思えば、誰もが知っている芸能人や一流企業の経営者たちと遊びにいく機会も増えました。そうした有名人たちと接していても、いつも「三崎さんは若いのにすごいですね」と褒められる。

誰からもＶＩＰ扱いされ、どこにいっても最高級の待遇を受ける日々に、最初は戸惑いや驚きを感じることもありました。でも時間がたつにつれて、それは私にとっては当たり前の日々になっていきました。

まさに、「この世の春」といっても過言ではないほど、最高の1年間を締めくくった後に迎えた２０１８年1月、突然、国税局がやってきたのです。

第3章

人生最大の試練

突然訪れた「マルサ」の強制調査

２０１８年1月30日の早朝、自宅マンションのインターフォンが鳴り響き、私は目を覚ましました。

「こんな早い時間に誰だろう……」

そう呟くと、横で寝ていた彼女から眠そうな声で「どうしたの？」と声をかけられました。

その当時、私は有名ファッション誌でよく表紙を飾っていた有名モデルの恋人がいました。その日も、間近に迫った二人きりの北欧旅行について相談するため、彼女が前日から泊まりにきていたのでした。

「誰だろうな、宅急便かな……」

眠い目をこすりながらインターフォンのモニターをのぞき込んでみると、そこにはスーツを着た複数の男性の姿が映っていました。

「どなたですか？」

「国税局の者です」

それなりの年商のある企業の経営者であれば、国税局が税務調査に自宅を訪れることはあると、先輩経営者から聞いていました。うちにもいよいよ税務調査が来るようになったんだなと思い、ロックを外してドアを開けた途端、見知らぬ男が私に向かって1枚の紙を突きつけました。

「私たちは国税局査察部の者です。これは裁判所からの令状です。あなたには脱税の容疑がかかっていますので、自宅を強制調査させてもらいます」


国税局査察部、通称「マルサ」と呼ばれる彼らは、脱税を調査する専門部隊です。よほど悪質な脱税行為だと断定されない限り、マルサは動かないと言われています。

……脱税の容疑？　強制調査？　マルサ？　これは普通の税務調査じゃないのか？

一体どういうことなんだろう……。

まったく意味がわからず、茫然とする私を置き去りにして、スーツ姿の男たちが次々に家の中へ入ってきました。

査察官の人数は、ざっと見ただけでも数十人。男たちは入ってくるなり、家の中を勝手にひっかきまわしています。引き出しという引き出しはもちろん、ごみ箱の中まですべて覗かれ、私自身も「何かを隠し持っていないか調べるから、下着姿になれ」と言われ、無理やり身体検査をさせられました。

さらに、その場に居合わせた恋人に対しても、国税局はまったく容赦がありませんでした。彼らは彼女にも嫌疑の目を向け、その場ですぐに全身の検査を強要したのです。

繰り返しになりますが、彼女は本当にただその場に偶然居合わせただけです。突然、大勢のスーツ姿の男たちがやってきて、何が起こったのかまったくわからず怯えている彼女に、これ以上怖い思いをさせたくない。その一心で、私は「彼女は何も関係ないので、やめてください！」と叫びました。

しかし、そんな私の言葉は無視され、別室に連れていかれた彼女は、服を脱がされ、全身をくまなく調べられることになりました。

自分の大切な女性を守り切れず、彼女につらい思いをさせてしまったこと。その情けなさや申し訳なさで、死にたくなりました。

身体検査が終わった後、パソコンや膨大な量の書類が外に運び出されている横で、私は令状を差し出してきた男に、おずおずと問いかけました。

「今日は予定がいろいろあるんですけど、何時くらいまでかかるんでしょうか……」

「今日の予定は全部キャンセルしろ！」

そう怒鳴り声を上げたのは、国税局の査察官である鬼木仁史という男。年齢は30代後半から40代前半くらい。冷たい目をした名前通り〝鬼〟のような男が、この先1年以上にわたって、ずっと私を苦しめることになるのでした——。

「あなたには約1億8000万円の脱税容疑がかかっています」

部屋の中が一通り調査された後、私は築地にある東京国税局へと連れていかれました。今の状況を会社の人間に伝えるために連絡を取ろうにも、「誰とも連絡を取ってはいけない」と言われ、スマホは完全に没収（ちなみにこのときに没収されたスマホは、いまだ返却されていません）。現状を伝えることすら、かないませんでした。

どうして犯罪者でもないのに、弁護士にも税理士にも連絡できないのか。「これは完全に人権侵害だろう……」と思いながらも、へたに逆らえばどうなるかわからない。私は鬼木の言うことに従うことしかできませんでした。

通されたのは、小さくて、机とイスしかないような殺風景な部屋。冷たくて硬いパイプ椅子に座らされると、鬼木はすぐさまこう切り出しました。

「あなたには、約1億8000万円を脱税の容疑がかかっています」

まったく身に覚えのない脱税容疑に、私は耳を疑いました。なぜなら、これまでの人生で私は「脱税をしたい」という考えを一度たりとも抱いたことがなかったからです。むしろ「経営者は積極的に納税をするべきだ」という考えだったほど。

多くの経営者は経費を使って節税をしたり、無理やり設備投資などを行って減価償却することで利益を減らし、支払う税金をできるだけ少なくしようとします。ですが、この場合、会社に現金を残す「内部留保」が難しくなってしまいます。

私は経営上、財務基盤を安定させるためには、会社に現金を残すことが大切であると考えています。なぜなら、昨今のコロナ禍を見てもわかるように、現金がないと、いざ経済の動きが止まったときや景気が悪化したときに、社員の給与やオフィスの賃料などの固定費を支払うことができなくなり、会社自体の機能が止まってしまうからです。

できるだけ会社に現金を残すには、節税せず、しっかり利益を出すしかありません。利益を包み隠さずに出せばそれだけ税金は多くなりますが、税金が差し引かれた後、しっかりとした純利益が会社に内部留保され、経営は盤石となっていきます。会社の体力をつけるためにも、私は「積極的に納税すべき」と考えていたのです。

さらに言うと、「自分はお金のために仕事をしている」という感覚が希薄な人間でした。私が仕事をする根本の理由は、働くことが好きだし、自分のアイデアが世の中で形になるのがおもしろい。おもしろいことをすれば、必ずお金はついてくる。お金は、あくまで働いた末にもらえる〝おまけ〟のようなものでした。

だから、わざわざ脱税という危ない橋を渡ってまでお金を蓄えたいという気持ちはありませんでした。

そもそも130億円の売上をあげた2017年には30億円以上の利益を出し、14億4000万円を納税しています。美容通販という業態の会社にしては、売上高に対して納税比率がかなり高い状態です。専門家の方がこの数字を見れば、私の会社はほとんど節税をしていないことがわかってもらえるはずです。

そのため、なぜ自分に脱税容疑がかけられているのかがまったくわからず、「税理士か弁護士を呼んでもらえますか」という言葉を繰り返していました。そんな私の様子を見た鬼木は、「じゃあ、加藤豪という男は知っているだろう」と低い声で切り出したのです。

加藤豪——。この名前を思い出したのは、久しぶりのことでした。加藤は、私が21歳のときに紹介されて知り合った人物です。

彼は、私が北海道から上京するきっかけとなったオンライフの社長である持丸正裕氏の後輩でした。ビジネス上の付き合いはありませんでしたが、大切な恩人の後輩ということで、たまに共通の知人の飲み会で会えば話をしたりと、プライベートでの親交はありました。

しかし最初に出会ってから5年後、当時は青汁が売れ始めた直後でした。25歳だった私は、彼からひとつの相談を持ち掛けられたことがあります。それは、「自分が新規で立ち上げる事業の支援をしてほしい」というもの。そのとき彼は、私にこう切り出しました。

「実は最近、親が亡くなったので、すごい額の遺産が入ってきたんです。このお金をもとに新たに事業を立ち上げたいのですが、銀行のセキュリティが厳しくて、あてにしていた親の遺産が簡単に出し入れできないことがわかったんです。そうなると、立ち上げ資金が全然足りないので、いろいろな人にうちの会社に資金援助をお願いしているんです」

当初、私は「加藤さんが通販事業を立ち上げる場合、美容通販をやっている私は競合になってしまうわけですよね……。ちょっとお手伝いしづらいです」と断りました。しかし、加藤はさらにこう続けました。

「いや、仕事自体は実際には発注しなくてもいいし、取引もしなくていいです。ただ、うちの会社に仕事を『発注したこと』にしてくれませんか？」

「どういうことですか？」

「三崎さんにやってほしいのは、うちの会社に広告を発注したことにして、広告費という名目でそのお金をうちの会社の口座に振り込むということです。そうすれば、私の会社は一応売上が立つし、現金も手に入り、そのお金を事業資金に充てることができる。もちろん、振り込んでもらった発注費にお礼を加えた金額を、遺産から支払います」

この話を聞いても、私は「税務上どうなんだろう……」と躊躇していました。

率直にそう質問すると彼は、「売上として加算した分はきちんと納税もするので、税務上トラブルになることはありません。納税をすれば、これは決して違法ではないんです」と念を押してきました。

そして最後の押しの一手となったのは、「三崎さんが知っている会社の社長さん4～5名も、同じような方法で協力をしてくれています」という加藤の一言でした。

彼がそのときに名前を挙げた企業には、もう少しで上場しそうな某有名企業の社長など、信用度の高い会社がずらりと並んでいました。そのなかには、恩師の持丸さんの会社であるオンライフも名を連ねていました。

まだ若くて世間知らずだった私は、「先輩たちもやっているなら大丈夫なのかな」

「前からの知り合いにここまで懇願されているのだから、やらないのも悪いのではないか」と感じ、加藤の依頼を承諾したのです。

今思えば、これが地獄への入り口でした。ただ、当時の私の状況は、ちょうど「すっきりフルーツ青汁」が少しずつ売れ始めていて、ビジネスにおもしろさを感じている頃でもありました。数年前からの知り合いが、かつての自分と同じように頑張ろうとしているのであれば、何かしら自分が手助けできるならしたい、という義務感を少なからず感じていたのも事実です。

そして2015年から、私は加藤の指示通り、広告宣伝費と称した現金を加藤の指定する会社に振り込むようになっていました。

取調室で「自分は騙されていた」と知った

ただ、加藤への振り込みについては、2017年の時点では停止していました。停止した理由は、2年近く売上資金を振り込んでいるのに、加藤がまだ事業を立ち上げていない点に不信感を持ったからです。次第に疑惑を感じ、「もうこれ以上は協力できません」という旨を加藤には伝えていました。

それ以降、加藤とのつながりは切れていたため、なぜ今になってこんな場所で彼の名前を聞くのだろうと不審に思いながらも、「彼とは以前交流がありました。事業発注という形で、お金を振り込んでいたこともあります。ただ、彼はきちんと納税していたはずで……」と正直に告げました。

すると、鬼木は私の言葉を遮って、こう言いました。

「あなたが振り込んだお金は、納税などされていません。すべて現金で引き出されていました。しかもそのお金、どんなことに使われていたかわかりますか？」

「え？　もちろん事業運営のためですよね？」

すると、鬼木は驚くべき事実を私に語りました。

「あなたが加藤に支払っていたお金は、事業資金になんて使われていません。加藤は事業なんて立ち上げていません。ネット広告会社運営者である飯尾荘という男と、集めた資金を使い込む詐欺行為をやっていたんですよ」

飯尾荘。会ったこともない男の名が出て戸惑ったうえ、さらに衝撃的だったのが、事業資金として振り込んでいたお金を加藤は一切納税していなかったという事実です。私が加藤に送金した現金は、すべてその日か翌日には引き出されていたそうです。そうして集めたお金の大部分を、加藤らは自分たちの収入として引き出したうえで、残りのお金を「お礼」の名目で配っていたのだと知らされました。

あまりにもチープで、あまりにもありふれた詐欺の手口。そんな詐欺スキームに自分が引っかかってしまったという衝撃に茫然としました。

ニュースでも、「すごく幼稚でチープなスキームだ」と報道されましたが、本当にその通りで、安っぽくて杜撰なものでした。

しかし、そんなショックを受けている私をよそに、国税局はさらに厳しい言葉を投げかけてきました。

「とぼけないでください。加藤がこうした一連の詐欺行為を働くことを、三崎さん自身も知っていたんじゃないんですか?」

「税金逃れのために、意図的にこの計画に加担したんですよね? だからこそ、今回の強制調査に乗り出したんですよ」

「むしろ、あなたがこの事件の首謀者だったんじゃないですか?」

その話を国税局の取調室で聞かされたとき、初めて私は「これが、国税局が家に来た理由だったのか」と理解することになりました。

国税局による非人道的な取り調べ

初日の取り調べは、ひたすら鬼木に加藤との関係について怒鳴られながら尋問され続けました。食事や休憩はまったくなし。

トイレに行くときも、鬼木の部下がべったりと私のうしろに張りついていました。ズボンのジッパーを下ろして用を足している最中も、うしろからじっと私の様子を観察しています。一人になれる時間は一切ありませんでした。

結局、解放されたのはその日の深夜0時すぎ。

「明日も朝一番に来い」と言われて国税局を出た後、「今後、いったいどうなるんだろう?」という不安を抱きながら、心底疲れ切っていました。

そんな私が真っ先に向かった場所、それは会社でした。今日一日連絡が取れず、打ち合わせもドタキャンしてしまった私を、きっと社員たちは心配しているに違いない。

今日起こった出来事を説明するためにも会社に行かなくちゃと、重い体を引きずりながらなんとか会社に行ってみると、ほかの社員たちはまだ会社に残っていました。

そこで、経理担当だった社員たちの家や、会社にも私と同じタイミングで調査の手が及んでいたことを知りました（後日、この調査のために国税局側は150名という超厳戒態勢で臨んでいたと判明しました）。

「社長、これからどうなるんでしょうか……」

心配そうな顔で聞いてくる社員に、私はこう伝えました。

「いや、こちらは何もやましいことはしていない。たぶん勘違いだと思うし、何か不備がある場合は修正申告をすれば大丈夫だと思う。明日も取り調べがあるから、そのときに担当の人にきちんと説明してみるよ」

事実、加藤への架空発注については罰せられるかもしれないけれども、加藤の詐欺行為についてはまったく知らなかったし、脱税の意思もない。このあたりを丁寧に説明して修正申告すれば、許してもらえるだろうと考えていたのです。

でも、こんな私の希望的観測は、鬼木によって粉々に打ち砕かれることになりました。

握りつぶされた修正申告「お前の人生を徹底的に潰してやる」

後日、私の事件を知った多くの経営者仲間や税理士、弁護士たちからは、ほぼ全員にこう言われました。

「なんで修正申告しなかったの？　俺は修正申告で済んだよ」

「この程度の話なら、早く修正申告をして税金を払っちゃえばよかったじゃないか」

多くの人からこう言われるくらい、経営者や自営業者の間で修正申告は頻繁にあることです。

私自身も「この税金が未納だから今すぐに払え」と言われたら、その日のうちにでも支払う用意はありました。しかし、なぜ修正申告をしなかったのかというと、修正申告を何度申し入れても、鬼木から「あなたからの修正申告は受け入れられない」と強く拒否されたからです。

強制調査の翌日、再び早朝から国税局に行き、鬼木に「加藤に架空振り込みをしたことは申し訳ありませんでした。その金額分、きちんと修正申告をしたいです」という旨を伝えました。すると、鬼木から返ってきた答えは、まさかの「ノー」。

鬼木は、薄笑いを浮かべながらこう言いました。

「ダメです。そのお金をもらっても、返す手間がかかるだけなので」

（あれ？　修正申告ができないとどうなるんだろう。もしかして、私は本物の犯罪者にされてしまうんじゃないか）

そんな恐怖感がじわじわと広がってきました。さらに鬼木は薄笑いをやめ、冷たい声でこう言い放ちました。

「修正申告は絶対にさせない。お前の人生を徹底的に潰してやる」

こいつはヤバい。話をしても通じる相手じゃない……。この瞬間、「あぁ、この人たちは真実なんてどうでもいいんだ。こちらの話は何も聞こうとしていない。なんとしてでも『三崎を告発してやろう』と決めているんだろうな」と、ようやく気がつきました。

ある日突然、国家権力が敵になる恐怖心や、法治国家において説明すら聞いてもらえないという理不尽がまかり通るのかという絶望感が、私の心に押し寄せてきました。

心身を蝕む、国税の追及によるストレス

２０１８年1月30日の恐怖の強制調査以降、数日おきから数週間に1回の頻度で、私は国税局に呼び出されることになりました。国税局の取り調べのポイントは毎回同じで、「加藤と私が共謀して脱税をしていたことを、なんとしてでも認めさせたい」というもの。

「お前にも脱税の意思はあったんじゃないか」

来る日も来る日も、同じことを同じように聞かれるだけ。何度否定しても、「それはお前の記憶が間違っている。もう一度ちゃんと考えろ」と怒鳴られる。

私は加藤自身が納税しているのだと思い込んでいました。経営者として未熟だったと思いますし、そんな話を信じた自分が本当にバカだった。でも、「脱税してやろう」という意思はまったくありませんでした。

だから、どんなに鬼木に責められようとも、加藤が納税していなかったことを知ら

なかった私には、罪を認めようにも認めることはできません。

当時の私の会社は130億円の売上に対し、14億4000万円を納税しました。もし「税金を払いたくない」という意思があれば、こんなに納税していないと思うのです。

「加藤と共謀したんだろう」と何度言われても、ただ否定することしかできませんでした。そのせいで、1月当初には「半年くらいで終わります」と言われていたこの取り調べは、翌年の2019年初頭までずっと続くことになりました。

なお、最初の取り調べから数週間後となる2月中旬ごろ、私は恋人と北欧旅行へ行く予定を立てていました。大好きな彼女に喜んでもらえるように、さまざまなプランを考え、すでにホテル代や航空券代など、300万円近くの旅行代金も支払い済みでした。

そこで鬼木に「2月中旬から1週間くらいは日本にいません」と告げたところ、彼は「当分の間はどこにも行かないでください」と冷徹に言い放ち、結局旅行はキャンセルすることになったのです。

強制された身体検査や、直前になって取りやめになった旅行。想定外の出来事が重なって、彼女との間にも少しずつすれ違いが生じてきました。それと同時に、心に浮かんできたのは彼女への申し訳なさです。

これから先も、自分と一緒にいる以上、彼女にずっと負担がかかってしまうのかもしれない。これ以上、大好きな彼女につらい思いをさせたくない……。

そう思った私は、彼女と別れることを決断しました。国税局の調査によって、私は大切なパートナーまで失うことになったのです。

生活に変化を強いられながらも、いつまでも終わることのなく、平行線を辿るだけの議論がなかば軟禁とも呼べる状況下で延々と続く。これには、さすがの私も心身ともに疲弊していました。殴られたり、蹴られたりという肉体的な攻撃こそなかったものの、心理的な圧迫が強すぎて、日々、心が病んでいくのを感じました。まったく食事も取れないし、眠れない。少なくとも2018年の1年間は、笑うこともほぼなくなりました。

朝から呼び出され、「お前を潰す」とまで言われて恐怖心を植え付けられた初日に始まり、国税局の取り調べは、被疑者を疲労困憊させ、判断力を失わせようとしているのではないかとしか思えませんでした。

あれだけ過度なストレスに晒されてフラフラの状態であれば、国税局の厳しい追及から逃れたくなって「やりました」と言ってしまう人だって、きっと少なくないでしょう。

一方的な国税局の取り調べで慢性的なうつ状態に陥り、その後は出社することもほとんどなくなっていました。

幸いなことに会社はある程度軌道に乗っていたので、私が経営から離れていても事業自体はきちんと回っていました。ただ、新しいビジネスを考えたり、「すっきりフルーツ青汁」のシェアを拡大していこうとするような気力は、私の中からどんどん失われていきました。

いつ逮捕されるともわからない。明日、自分の身がどうなるかわからない不安におびえ、高圧的な尋問によって食事ものどを通らず、夜も安心して眠ることができない。精神が毎日削り取られていき、まるで刑の執行を待つ死刑囚のようなものでした。

“上級国民”は公文書を偽造しても逮捕されないのか

国税局の査察官と対峙するなか、私は次第に国税局に対して強い怒りを感じるようになっていました。それは、森友学園問題で大批判を浴びていた佐川宣寿国税庁長官の公文書改ざん疑惑です。

私の家に強制調査が入った2018年1月30日時点の国税庁長官は、森友学園問題で大批判を浴びていた佐川宣寿氏でした。

森友学園問題とは、当時、財務省理財局長であった佐川氏が、学校法人森友学園が運営する幼稚園と小学校の建設地として、9億円相当の広大な国有地をたった1億3400万円で売却したという事件です。

本来は9億5600万円の評価額の土地を、1億3400万円という格安で売る。まるで国有地のバーゲンセールのようなものですが、これは上級国民の自己保身と忖度から生まれた地価の乖離であり、異常価格です。

約8億円もの大幅な値引きが行われたのは、森友学園の学園長夫妻が、瑞穂の國記念小學院の名誉校長を務める安倍晋三前首相の妻である昭恵夫人の名前を出して交渉したからだと考えられています。

しかし、財務省理財局が首相夫人に忖度して、大幅な値引きをしたことが表ざたになってしまうのはまずい。そこで、学園長夫妻と接見した記述について、佐川氏は公文書を都合のいいように改ざんし、偽造した疑いがありました。

この事件はワイドショーやニュースで連日放送され、当時の国税庁長官だった佐川氏の進退や説明責任について、世間で強く議論されている真っ最中でした。

理財局長であった佐川氏がなんらかの公文書を偽造したのは明白なのにもかかわらず、知らぬ存ぜぬで通そうとする様子を見て、「なぜ、こんな嘘つきを頂点とする国税局のような組織に、私が連日のように苛まれ続けなければならないのか」と怒りが湧いてきました。

実際、私はその年に約14億4000万円を納税していて、納税者としての義務は果たしていました。一方で、国税庁の長官だった佐川氏が理財局長時代にやったことは、公文書の偽造です。これはとんでもない大罪です。もしも一般人が領収書や住民票を偽造すれば、一発で逮捕されるでしょう。それなのに、国税庁の幹部は書類を偽造しても罪に問われない。そんなダブルスタンダードでは、国民に示しがつかないはずです。

取り調べの最中に担当の鬼木から「お前は嘘つきだ」と言われるたびに、「長官が堂々と嘘をつく組織に嘘つきだといわれても、私にはまったく響きません」「あなた自身は、自分の組織の長官についてどう思っているんですか？　私のことを嘘つきだというんだったら、あなたの組織の長官のほうがよっぽど嘘つきじゃないですか」と言い続けていました。

もし他人の罪を追及しようとするのであれば、自分たちのトップが国民にちゃんと筋を通してからにしてほしい。それが私の本心でした。

しかし、私が佐川長官や森友学園問題について問いかけるたびに、担当の鬼木は、
「それはお前の知ったことじゃない」
「今回の事件とはまったく関係のないことだ」
と怒りを含んだ声で、苦々しく言い続けていました。その結果、私と国税局との関

係はどんどん悪化していき、1年にも及ぶ取り調べが続く一因になったのだと思います。

国税局からの嫌がらせで、取引先が10分の1に激減

国税局での取り調べが続き、気がつけば夏を迎えていました。いつまでたっても加藤との共謀を認めない私を見て、国税局側は「もしかして自分たちの見立ては間違っているのではないか。このままでは三崎を落とせないかもしれない」と、次第に焦りを感じていたのでしょう。調査から半年がたった7月頃から、国税局による本格的な嫌がらせが始まったのです。

まず国税局が仕掛けてきたのが、「反面調査」でした。

「反面調査」とは、調査対象の企業の取引先に対して、対象の企業がどんな業務を行っているのかを調べる調査ですが、この調査が行われると取引先にも国税に応対してもらう必要があるため、さまざまな迷惑をかけることになります。

さらに、税務調査中であることを知られることで、「あの会社は何かやましいこと

があるのではないか」と勘繰られてしまい、取引先からの印象が悪くなるというリスクもあります。それがわかっているからこそ、取り調べ中に国税局からは、

「あなたがちゃんとしゃべってくれないと、あなたの会社とお付き合いがある全部の会社さんに反面調査に行くことになりますよ？　会社の信用がなくなるけど大丈夫ですか」

と何度も脅されていました。しかし、脱税の意思がないものは「ない」としか言いようがありません。

そこで国税局は、ついに本格的な反面調査を実行し始めたのです。

取引のあった数十社に国税が行き、私の容疑について匂わせる。すると、瞬く間に「三崎さんの会社はヤバいらしい」「何か税務上でごまかしていたようだ」という悪評が広まってしまいました。

一部の会社からは「国税がきたけど会社は大丈夫？」と心配してくれる声もありましたが、大半の企業は某上場企業をはじめ、「何かがあったら困るので御社とは取引できません」と取引中止の通知を送ってきました。

国税局によるとんでもない営業妨害があった結果、数か月の間に取引先の数は10分の1くらいにまで減っていました。

「君の祖父母がどうなってもいいのか?」

国税局は人間心理の弱いところを突くのに長けていて、彼らからの取り調べという名の〝脅し〟を受けるたび、私は消耗していきました。数々の嫌がらせの中でも一番腹が立ったのは、私の祖父母について言及されたことです。

幼い頃から家族とのつながりが希薄だった私ですが、唯一かわいがってくれたのが祖父母です。

今の自分があるのは祖父母のおかげ。そう思っていたからこそ、実業家として成功して以降、私は定期的に祖父母に仕送りを続けていました。

それに目をつけた鬼木は、「君の祖父母も脱税に関わっているのではないか」と因縁をつけてきました。

さらに、北海道にいる祖父母が病弱であることを調べ上げた鬼木は、取り調べ中にこんなことを言い出しました。

「君があまりにも頑固に罪を認めないと、大変なことになるよ」

「え、どういうことですか？」

「君には、かわいがってもらった祖父母がいるでしょ。でも、君があまりに強情だと、おじいちゃんとおばあちゃんのところに行くしかなくなるよ？　病弱なんだから、もし私らが調査に入ったら、体調がどうなるかわからないよねぇ。君は行かれたら困るだろうけど、私らだったらそのくらいのことはするよ？　おじいちゃんおばあちゃんの体調はもっと悪くなるかもしれないし、命だって大事なんじゃないの？」


その言葉を聞いた瞬間、「この人は私の祖父母を盾に脅している」という明確な悪意を感じました。

「祖父母は一切関係ありません。彼らは体が弱いので、押しかけるようなことは絶対にやめてください！」

と必死に念を押しました。しかし後日、祖母から電話がありました。

「優太……あんた、何か悪いことしたの？　今、国税局の人が家に来ているよ」

受話器から聞こえる祖母の、今にも泣きだしそうな小さな声を聞いた瞬間、私は言葉を失いました。あれだけ念を押したのに、国税局は北海道の祖父母の家にまで押し掛け、家宅調査を行ったのです。しかし、もちろん私の事件と関連がありそうな証拠は一切ありませんでした。

祖父母は、事あるごとに幼い私に対して、「大きくなったら公務員になれ。公務員ならお金の心配をせず、まっとうに生きていける」と言い聞かせるような人物でした。真っ正直に生きてきた祖父母にとって、かわいがっていた孫のせいで家宅調査をされたことは、とんでもなく大きなショックを受けたはずです。

「おばあちゃん、おじいちゃん……。本当に、迷惑をかけてごめん」

そう何度も謝ったものの、祖父母はつらかったに違いありません。事件があった直後から祖父母は寝込んでしまい、体調が悪化。今でも病院通いが続いています。国税局は私の祖父母の寿命を縮めた……と言っても決して過言ではありません。

国税局が行った脅迫はこれだけではありません。取り調べ中に、私の会社の社員の話を持ち出して、「社員にも人生があるだろう?」「会社の社員の家族が路頭に迷ってもいいのか?」と脅されたこともありました。

嫌がらせが続き、ついに恩人の会社にも入った強制調査

仕事には関係のない祖父母や社員への家宅調査や取引先企業への反面調査など、国税局によるさまざまな嫌がらせが続くなか、それでも私は脱税容疑を否認し続けました。

7月のある暑い日、スマホを見ると、恩師である株式会社オンライフの持丸正裕さんから着信がありました。急いで折り返すと、持丸さんは沈んだ声でこう言いました。

「三崎さん……。ついに加藤の件で、うちの会社にも強制調査が入ったよ……」

突然のことで驚いた私は、詳細を聞くために、すぐに持丸さんと会う約束を取り付け、その日の夕方、恵比寿にあるウェスティンホテル東京のロビーで落ち合いました。

強制調査を受け、持丸さんはひどく憔悴した様子でした。

持丸さんの会社に強制調査が入った理由も、私と同じ「所得隠しによる脱税」でした。

ただ、私や持丸さんの会社であるオンライフのほかにも、加藤の会社に出資してい

た会社は10社前後ありました。しかし、ほかの会社に強制調査は入らず、私と持丸さんの会社だけが対象となったのは、非常に違和感がありました。

加藤が持丸さんの会社の役員を務めていたこともあるので、ほかの会社よりも加藤との関係性があるとはいえ、なぜこのタイミングで……という疑問がぬぐえませんでした。

話を聞きながら私は内心、「自分が容疑を否認したからではないか」という気持ちが強まり、こう切り出しました。

「持丸さん……今回の強制調査は、もしかしたら僕のせいかもしれません。僕が脱税容疑を否認し続けているせいで、今、家族や社員といった僕の親しい人にいろんな調査が入っているんです。持丸さんの会社に調査が入ったのも、僕が一番親しくしている恩人だからこその嫌がらせなんじゃないかと思っています」

強制調査が入ると社会的信用も落ちるし、企業にとっては大きなダメージになります。もしも私のせいで今回の強制調査が行われたとすれば、取り返しのつかないことです。

言い終わったときには、持丸さんから罵倒され、縁を切られてもおかしくないと覚悟しました。しかし、持丸さんから返ってきた言葉は意外なものでした。

「そんなことないよ。むしろ今回のことは、自分が加藤なんてとんでもないやつを三崎さんに紹介してしまったことがすべての発端だから。逆に、こんなにひどい人間だとは知らずに安易に君に紹介してしまって、本当に悪いことをした。紹介して申し訳なかった。謝っても取り返しがつかないけど、本当にごめん……」

その言葉を聞いた瞬間、私は持丸さんの優しい気持ちに触れた気がして、目に熱いものが込みあげてくるのを感じました。持丸さんの目も潤んでいるのを見た瞬間、涙があふれ出し、気がつけばホテルのロビーで、人目もはばからず二人して泣いていました。

持丸さんの優しさに触れると同時に、お世話になった人にこんなひどい思いをさせる国税局の鬼木の汚いやり口に、ますます怒りが募るのを感じました。

鬼木から引き出した「すみませんでした」という謝罪

あまりに執拗な嫌がらせを続ける鬼木に対して、私は一つの仕返しを思いつきました。実は取り調べ初日から、鬼木の態度や国税のやり方に疑問を感じていた私は、ひそかに彼らとのやり取りを録音していたのです。

その録音データには、机をドンドン叩いたり、怒鳴ったり、精神的なプレッシャーをかけてくる鬼木の声や振る舞いがきっちりと収められています。

鬼木のやり方に頭にきていた私は、鬼木が上司と一緒に取調室にやってきたときに、彼のやり方について問いただしました。

鬼木が何度となく私の家族の健康や社員の人生を脅すような言葉を繰り返してきたこと。それについて、私は恐怖を感じていたこと。これに対して国税局はどう考えているのか。また、これまでのやり取りはすべて録音してあるので、場合によってはこれを公表することもある。そう訴えると、取り調べを録音していたとは思わなかった鬼木は、明らかに焦っているのが見てとれました。

「もう金輪際、祖父母の体調や社員、親しい知人の人生を盾に、私を脅すことはやめてください」

私が強くこう伝えると、鬼木が小さな声でこう言いました。

「……すみません、もうしません」

やはり自分の取り調べ方法は違法なものであるという自覚があったのでしょう。でも私からの糾弾を受け、小さくなって謝罪する鬼木の姿を見ても留飲が下がることはなく、むしろ大きな虚しさを感じざるを得ませんでした。

（日本は法治国家だと思っていたのに、ここで行われていることはなんだろう。本来は正義を行うべき人々なのに、彼らがやっていることは国の権力を盾にして弱い者いじめをしているだけだ……。これが日本という国の本質なのかもしれない）

日本という国への強い失望感や怒り。そんな複雑な気持ちが込み上げてきて、居ても立ってもいられない気持ちになりました。

国税からの追及を受けるまでは、私は日本という国が好きでした。だからこそ自分が稼いだお金は、できる限り納税しようとしてきました。どれだけ収益をあげても、節税対策をほとんどしていなかったことは、先に書いた通りです。

それなのに、言いがかりにも近い脱税疑惑を押しつけられ、国税局の査察官からは高圧的に対応され、「お前の人生を潰す」「親族や社員がどうなってもいいのか」と脅される。さらに、反面調査で大切に育ててきたビジネスまで潰されようとしている。

突然そんな事態に追い込まれて、この国を嫌いにならない人なんているわけがありません。国の機関でありながら、そんな乱暴なやり方がまかり通ってしまう日本という国に、私はとことん絶望していました。

権力を盾にして、暴力にも近い行為を平気で延々と続けるこの国には、もう1円も納税したくない。どうせ経営者をやるなら、この国を出て、海外で経営者としてやっていきたい。心の中で、日本という国に見切りをつけたのです。

すでに、日本の富裕層の多くは海外へと移住しています。周囲にもそうした人はたくさんいました。自分もその中の一人になってしまえばいい。そして2018年12月、私は地中海に浮かぶ島・マルタ共和国への移住を思い立ちました。

マルタ島への移住。夢のような1か月間

移住を思い立った12月、「海外移住を考えている」という旨を、国税局の担当者である鬼木に伝えました。

「正直、今回のあなた方の取り調べのせいで日本という国が嫌いになりました。だから、自分の残りの人生は海外で暮らしたいと思っています。海外移住したいですが、いいですか？　もちろんこれは課税逃れではなく、私が移住したとしても、会社が今後あげる利益とそれに対する税金は日本できちんと清算します」

「わかりました。それはあなたの人生ですから、どうぞご勝手に。ただ、今後も調査は続くので、そのときだけは帰ってきてください」

上司の前での告発以来、鬼木と私の関係は最悪の状態でした。そのため彼は冷たい声で、目も合わせずにそう告げました。

鬼木から海外移住の了承を得た後、私はマルタ共和国への移住の手続きを進めていきました。なぜ、マルタ共和国を選んだのか。それは、私自身がもともとヨーロッパが好きだったこと。そのなかでも、マルタ共和国は特に移住しやすそうだったからです。

経営者仲間の間でも「マルタはこれから成長する」と言われていて、仮に移住した場合は、何か新たなビジネスを展開できるのではないかとも思ったのです。

現地で何のビジネスをしようか、どんなふうに暮らそうかという青写真はまったく描いていませんでした。そのときの一番の願望は、とにかく日本から脱出すること。自分が大嫌いな日本という国から、そしてストーカーのように執拗に追いかけてくる国税局の査察官たちの手を逃れ、少しでも早く脱出したいと思っていたのです。

そして、２０１８年12月。ようやく私は日本を離れて、マルタ共和国へと一人で旅立ちました。次に国税局から取り調べを受ける年明けの1月下旬まで、私は自由の身。初めて長期滞在した地中海は温暖な気候のせいか、人々も陽気で優しく、すべてが楽しそうに見えました。陰湿で暗い日本社会に対し、マルタの温かい人や空気感は疲れた心にすっとなじみ、すぐに好きになりました。

地獄のような1年を経て、ようやく訪れた楽園。「日本で起こったこれまでの出来事はすべて嘘だったのではないか」と思えるほどの幸せな時間で、毎日が夢のようでした。

マルタで過ごす日々に夢中になって、「一生ここで過ごしたい」と真剣に思うようになっていました。

ある晩、マルタのバーで一人お酒を飲みながら、1年続いた怒濤の日々を振り返っていました。

思えば遠くまで来てしまった。なんで、こんなことになってしまったんだろう。開放感あふれるマルタの地に着いてホッとしたのか、気がつけば涙が頬を伝っていました。

もう人生に疲れた。このまま一人で、マルタの地でしばらくはゆっくり過ごしたい。もう日本には帰りたくない……。再びあの苦痛の日々に戻らなければならないのなら、いっそのこと死んでしまいたい……。

そう思った瞬間、私は周囲もはばからず、声を上げて泣いていました。数年前までは東京で一旗掲げることしか考えていなかったのに、国税局との1年間にわたる戦いは私がこれまで築き上げてきた実績や人間関係を破壊しただけでなく、「もう誰とも会いたくない。何もしたくない。いっそのこと死んでしまいたい」と思わせるまでに私の心を弱らせ、傷つけてきたのだと改めて気がつきました。

1年間の取り調べの末、ついに特捜が現れる

しかし、いくら泣いても、年が明けたらまた国税局の取り調べを受けなければなりません。マルタに滞在中、恐れていた通り、国税局から一本の連絡が入りました。

「2019年1月末に、もう一度取り調べをするので日本に帰ってこい」

呼び出しがあることは知らされていたものの、やはり実際に連絡を受けると、帰国することが憂鬱でしかたがありませんでした。

あぁ、またあのストレスに苛まれる日々に戻らなきゃならないのか……。マルタでの日々は平和で穏やかだったものの、呼び出しを受けてからは、取り調べのことで頭がいっぱいになり、以前のように滞在を楽しめなくなっていました。おいしいものを食べていても、きれいな景色を見ていても、鬼木の顔が目の前にちらついてしまう。日本に帰国する日が近づくたびに、胃がズキズキと痛み、この頃には胃薬が手放せなくなっていました。

マルタから日本へ帰った私は、また築地にある国税局へ向かいました。取調室に入

っていくと、そこには鬼木のほかに、２人の見慣れぬ男性の姿があります。怪訝な顔をしている私を無視して、

「この事件は、国税局から検察庁特別捜査部の手に渡ります」

と鬼木は高らかに宣言しました。

東京地方検察庁特別捜査部、通称〝特捜〟と呼ばれるこの組織は検察庁に属しており、政治家の汚職や脱税、経済事件などを専門に扱う捜査機関です。腕利きの検事が集められたエリート集団で、「特捜が入ったら、その事件の被疑者は何があっても絶対に逮捕される」と言われている、とんでもない組織です。「いつもの調査だから」と普段と何も変わらない様子で国税局から呼び出されたのに、いきなり特捜部の人間がいるなんて、だまし討ち以外のなにものでもない。そんな奇襲をかけてきた鬼木に対し、私はまた腹を立てていました。

このとき「なぜ特捜部に捜査権が移ったのか」は疑問だったのですが、後日、専門家から言われたのは、「マルタへの渡航が海外逃亡のように映り、特捜が出てくる引き金になったのでは」ということでした。

繰り返しになりますが、私は事前に鬼木にマルタに行くことは伝えており、許可は取っていました。ただ、とことん疲弊した自分の心身を少しでも休めるために、マルタに行くことしか考えておらず、海外逃亡など夢にも思ったことはありませんでした。私の疲弊ぶりを誰よりも間近で見てきた鬼木には、私の真意は誰よりも伝わっていると思っていました。

これはあくまで推測にすぎませんが、私がマルタに行くことを止めず、実際に渡航させることで、「三崎には逃亡の恐れがある」と見せかけようとしたのではないか。今となっては真相はわかりませんが、少なくとも国税局側には、私を海外に行かせることで、悪者に仕立て上げようという思惑があったのではないかと思います。

特捜部の登場によって、「これは大変なことになったたな」と感じつつも、同時に「この事件は当初国税側が思っていたよりも事件性が低いから、自分たちだけでは挙げられなくなったのだな」とも確信しました。

それは、国税局の長々しい取り調べにイライラしていた私にとって、ある意味、朗報でした。国税局査察部の人には何を話しても通じない。特捜の人はもっと合理的で頭のいい人たちが多いだろうから、取り調べを受けるにしても、なんらかの形で物事が動き出すのではないかと思ったのです。

結果として、特捜部が出てきたことで事態の風向きは大きく変わっていきました。

数日後から、特捜部による取り調べが始まりました。1回目と2回目では、自分の生い立ちやどんな会社を立ち上げたのかなどを細かく調べられる、いわゆる「身上書」を作るための取り調べが行われました。

そして3回目から、いよいよ事件に関する取り調べが始まったのです。

このときに容疑を認めれば、逮捕自体を免れた可能性は十分にありました。とはいえ、私自身は脱税をする意思を持っていなかったため、何があっても容疑を認めることはできませんでした。

「やってないんですか?」

「やっていません」

こうした問答が繰り返されるなか、いつまでも容疑を認めない私の様子に業を煮やしたのか、特捜部による3回目の取り調べとなった2019年2月12日に逮捕されることになったのです。

「確定申告前の見せしめ」と「森友学園」

「この程度の脱税で逮捕・起訴されるのはつくづく珍しい」

後日、事件の内実を知った人々に、何度となくこう言われました。本来であれば修正申告で済んだはずが、なぜ私の場合は「悪質」とみなされ、逮捕・起訴にまで至ることになったのか。当初はあまりの理不尽さに戸惑うばかりでしたが、取り調べが続くにつれて、次第に理由がわかってきました。

まず、ひとつには確定申告前の見せしめです。

２０１９年11月にチュートリアルの徳井義実さんの脱税が世間に公表されたことからもわかるように、年末から年明けにかけては、有名人の脱税がクローズアップされる傾向にあります。これは、３月中旬に申告期限を迎える確定申告に向けて行われています。

手続きも難解で煩わしい確定申告ですが、有名人が税金問題でやり玉に挙げられている姿を見せつけることで、多くの人の心に「しっかり申告しないと、自分もあんなふうになってしまうかもしれない」と恐怖心を植え付けることができます。言ってしまえば、国税局による一種の〝キャンペーン〟のようなものなのです。

２０１７年に１３０億円を稼ぎ、メディアでその豪遊ぶりを見せつけていた私は国税局にとって格好の餌食だったのでしょう。国税局のＯＢからも「国税局の人間がターゲットを見定める際は、自分たちの嫉妬で動いている」と言われたことがあります。

国税局の人々はエリートではありますが、あくまで公務員。どんなに頑張って成果をあげても、収入は決まっています。そんな彼らからすれば、若くして成功し、お金を湯水のごとく使いまくる私のような人間は、気に障る存在だったのでしょう。

実際、取り調べ中に鬼木から言われた「三崎さんはいつも高いお店で食事をしていて、いいよね。私なんて、いつもコンビニ弁当ですよ？」という恨みのこもった一言は今でも忘れられません。

「あいつの人生をなんとしてでもめちゃくちゃにしてやりたい」

取り調べを受けているとき、鬼木からはそんな悪意を何度も感じました。

国税に目をつけられたもうひとつの大きな理由は、取り調べ中に「森友学園問題」

について、何度も言及したことだったのではないかと思っています。

２０１８年の後半は、取り調べに呼び出されてもほとんど質問することがないので、1時間程度で取り調べは終わっていました。何も聞くことがないのに、鬼木が私を呼び出し続けていたのも、嫌がらせの一環だったのでしょう。

事実、加藤の口座にお金を振り込み、売上の架空計上をしていた会社は、ほかにも十数社ありました。しかしそのなかで、なぜか私だけが逮捕・起訴された。持丸さんの会社であるオンライフ1社は起訴されたものの、ほかの会社はすべて修正申告だけで済んでいます。なかには、上場を控えている会社もありました。

これは、森友学園問題や佐川長官についての言及を繰り返した私に対する、国税局の報復だったとしか考えられません。彼らを逆なでしたことで国税局とのやり取りが1年以上にもわたって長期化し、さらに逮捕にまで至った大きな理由だと思います。

上級国民の忖度ひとつで、一般人の人生は大きく変わる

自分の運命が、上級国民の心証や忖度ひとつで決まってしまう。こんなことが法治

国家日本で本当に起こるなんて……と、逮捕時は強い衝撃を受けていました。

この国では、同じことをしても脱税として刑事事件になるケースと修正申告で済むケースがあります。そして、この「刑事事件になるか」「修正申告で済むか」という境目は、すべて国税局の裁量で決められています。

この事実は、到底信じられないものでした。

「ほかの会社に比べて、三崎の会社は脱税した金額が多かったのではないか」と思う人もいるかもしれません。決してそんなことはありません。脱税事件の悪質性を測る際の目安とされる「逋脱率《ほだつりつ》」という数値があります。これは、本来納税するべき額のうち、何割を脱税したのかを測る数値です。刑事事件として扱われる脱税事件は、逋脱率が70～80％を超えるものが大半です。

私の場合は、130億円の売上高に対して14億4000万円の税金を払い、脱税を指摘されたのは1億8000万円、逋脱率は約11・1％。これを見ると、修正申告を受け入れられなかったのが、いかに異例であったかがわかると思います。

例えば2019年末にはチュートリアルの徳井義実さんの税金無申告が話題になりましたが、彼の場合は国税局の判断で「悪質ではない」とされ修正申告で済み、逮捕・起訴には至っていません。徳井さんの場合は無申告。税金をまったく納めていないので、逋脱率は100%です。

同じく2019年末には、ソフトバンクグループの4200億円にものぼる申告漏れが指摘され、修正申告による対応が行われたことも話題になりました。

有名人や巨大企業の申告漏れは許されるのに、どうして私のような中小企業の1億8000万円は修正申告を受け入れられなかったのか。これはひとえに国税局の「忖度」によるものだと確信しています。

「悪質さ」とは彼らの心証や先入観のさじ加減で決められてしまうもので、あくまで主観にすぎない。だからこそ、私は逮捕されることになったのです。

「もう1回やり直せるんだから、こんなことで人生を棒に振っちゃダメだよ」

2019年2月12日に逮捕され、3月4日に起訴されるまで、私が収監されていたのは東京都葛飾区小菅にある東京拘置所でした。

冷たい手錠と腰縄をつけられて小菅にある東京拘置所まで移送され、拘置所内に一歩足を踏み入れた途端、「昨日までは普通に生活していたのに、これから自分は犯罪者として扱われるのか」と気分がずっしりと重くなりました。

拘置所に入る人間誰しもが、避けて通れないのが身体検査です。服を脱いで全裸になった後、口の中からわきの下、性器の裏側まですみずみまでチェックされます。最後は四つん這いに近い姿勢を取らされて、肛門の中までじっくりと調べられました。

ただ、こうした身体検査より、私が何よりもつらかったのは、自分を番号で呼ばれるということ。私につけられた番号は、「3621番」。取り調べで呼ばれるときも食事のときも、いつでもこの「3621番」という番号で呼ばれ続けました。三崎優太という名前は無視され、一人の人間としての尊厳を失われたような気持ちになりました。きっと私は一生、この「3621番」という番号を忘れることはないでしょう。

その後、通されたのは4畳ほどの狭い部屋でした。トイレと洗面台はついているものの、壁には気味の悪い虫がへばりついていて、使い古されたせんべい布団が置いてある。お世辞にもキレイとはいえない環境でした。

「ここで眠らなければならないなんて、嘘だろう……」

高級マンションや豪勢な食事に慣れ切っていた私にとっては、まさに地獄のような状況でした。あまりの環境の変化と明日から始まる取り調べへの不安で、布団に入った後も、いつまでたっても眠ることはできませんでした。

結局、拘置所にいる間は、睡眠薬をもらわないと眠りにつくことができませんでした。

拘置所に収容されている間は連日、特捜部の検事からの取り調べを受けることになりました。私は、「きっと特捜部からも『加藤と共謀して脱税の意思があったことを認めろ』と追及されるに違いない。それは絶対に事実とは違うから、何があっても認めることはすまい」と固い意志を持っていました。

しかし、その予想とは裏腹に、特捜部は国税局のように「加藤と共犯だった」「私に脱税の意思があった」という主張を通そうという気はまったくないようでした。

すべての話がまた振り出しに戻ったタイミングで特捜部が私に突きつけたのは、「加藤に振り込みをすることによって、三崎がメディアハーツの所得をごまかした」

という容疑でした。

特捜部の言い分としては、本来は普通に所得として計上すべきお金を加藤への架空発注で振り込んだことで、メディアハーツの所得の金額が変わったことには間違いない。つまり、メディアハーツは本来納めるべき税額を納めなかったのだから、その差額分に関しては脱税と言えるのではないか、というものです。

繰り返しになりますが、私が広告宣伝費として加藤に支払った金額は、加藤がきちんと納税しているものだと思っていました。仮に私がその税金を自分で納めなかったとしても、加藤がきちんと税金を払ってさえいれば、国には1円も損害を与えない。だから問題ないのではないか。そう私は考えていました。

しかし、たしかに特捜部の言い分の通り、自分はメディアハーツが納税すべき所得の金額をごまかしたように見られても仕方がないと考えるようになったのです。

今回の出来事について、経営者としての認識が甘く、未熟であったということは心から反省しています。しかし、「私が未熟でした、すみません」の一言で済まされるような会社規模ではなかったのも事実です。いち経営者として、自分が責任を取るべき問題なのかもしれない。いや、取らなければならないのではないか。

そんなふうに、私の考えは変わっていきました。


そして、最後の決め手となったのは、特捜部の捜査員に言われたこんな一言でした。

「20代で特捜部のお客さんになる人なんて、ほとんどいないよ。若くして、それだけ大きなお金を動かして、注目されていたってことなんだと思う。あなたにはそれだけ才能があるんだよ。人生、もう1回やり直せるんだから、こんなことで人生を棒に振っちゃダメだよ」

捜査員のその一言を聞いた瞬間、今まで国税局の1年にもわたる調査で味わってきたモヤモヤとしたドス黒い感情が一気に晴れるのと同時に、胸の中に熱い思いが込み上げてきました。

数秒後、気がついたら、捜査員の前で私は号泣していました。

国に損をさせようという意味での脱税はしていない。でも、自分の認識が甘かったことは間違いない。だったら、経営者として潔く非を認めるべきなのかもしれない。

これまでの国税局の追及で疲れ果てていましたし、特捜部の言い分を認めないとさらに捜査は長期化する。正直、これ以上、この取り調べが長期化し、何年も自分の人生を棒に振るのは得策ではないと感じました。

「自分の人生を棒に振るな」

そんな捜査員の言葉通り、自分の人生をもっと大事に生きよう。そして、私は容疑を認めることにしたのです。

国税局からマスコミに流された悪意あるリーク

当然、外部とは一切連絡が取れず、世間の反応を知ることもできません。収監された数日後、弁護士を通じて、会社はどうなっているのかを尋ねると、「取引の大半は停止」と壊滅的な状況に陥っていました。事前に対策は取っていたはずなのに、なぜこんなことになってしまったのか。東京拘置所の中で、私は大きなため息を漏らしま

「

２０１７年には30億円以上の利益を出し、
14億４０００万円を納税した。
国に損害を与えるような脱税はしていない。
しかし、自分の認識が甘かったことは間違いない。
「私が未熟でした、すみません」の一言で済まされるような
会社規模でもなかった。
いち経営者として責任を取るべきかもしれない。
いや、取らなければならないのではないか。
そんなふうに、私の考えは変わっていった。

した。その原因は、またもや国税局にありました。

勾留中はまったく知る由もありませんでしたが、私の逮捕を報じる記事が文春オンラインなどのメディアによって報じられました。そのなかには、悪意に満ちた記事も決して少なくありませんでした。一番の問題は、悪意ある記事の大半が「国税局関係者」と称する人物からのリークで成り立っていたことです。

「三崎優太は脱税容疑をかけられたが、脱税ではないと言い張って反省していない」「三崎優太は、国税局への復讐として暴露本を出そうと働きかけている」などの記事からも、「三崎優太は悪者である」というイメージを植え付けようという印象操作の意図を強く感じました。


さらに驚いたのが、一部の記事は国税局の密室での調査中に私がしゃべった内容をベースに作られていたことです。私が鬼木ともう一人の査察官にしか話していないもの、つまり取調室の外には漏れようのないものばかりでした。調査中の証言を流出させたとすれば、国家公務員法違反のはずです。

しかも、調査中に私が話した内容がそのまま載せられているのならまだいいのですが、事実を捻じ曲げて書かれた、でたらめばかり。マルタ共和国への移住も「課税逃れのため」だと書かれていました。

国税局の悪意あるリークを知った瞬間、もうこの会社は二度と立ち直ることはできないかもしれない。何よりも大切にしてきた会社やビジネス、そして社員たちを路頭に迷わせることになってしまう。国税局はどこまで私の足を引っ張れば気が済むのか、と本当に腹が立ちました。

そして、調査内容を外部にリークするという違法行為を犯しても、それがまかり通ってしまう日本の国家権力に、憤りを感じざるを得ませんでした。短い拘置所生活中、会社の行く末について悶々と考え続けることになりました。

「ざまあみろ」「犯罪者と仕事はできない」

逮捕から22日間を経た2019年3月4日、私はようやく保釈されることになりました。保釈後、最初にしたことは、会社の社員たちに連絡すること。内心、「今回の事件で社員が大量に辞めてしまうのではないか……」と心配していました。

恐る恐る会社に連絡してみると、一連の出来事があったにもかかわらず、社員は誰一人として辞めないで会社に留まってくれているようでした。これは、今回の一連の出来事のなかで唯一の救いだったと思います。

「みんな、社長の帰りを待っているので早く復帰してくださいね」

そんな社員たちの優しい言葉に、思わず涙がこぼれてきました。しかし、事件に対する世間の対応はひどいものでした。

まずショックを受けたのは、これまでお付き合いのあった数多くの取引先の対応です。

「三崎さんは犯罪者だから、もう一緒に仕事はできません」

「逮捕者を出した会社なんて信頼感がないので、もう取引はできない」

一方的にすべての取引を停止する会社が続出しました。

ひどいケースだと、取引を停止した直後に私たちのライバル企業と取引を始める会社もありました。

こちらの業績がいいときはあの手この手で取引を続けてきたのに、こちらが大変な状況のときには、これまでの関係を一切無視して関係を断ち切ろうとする。ビジネスは損得で動くものだから、こうした企業の判断は当然といえば当然かもしれません。ただ、私は義理を大事にするタイプだっただけに、多くの取引先の非情な手のひら返しを目の当たりにして、どんどん心がすり減っていくのを感じました。

ひどかったのは取引先だけではありません。私のSNSには「犯罪者」「死ね」「人間のクズ」などという言葉が、何千件も書き込まれていました。まったく知らない人からも、誹謗中傷の言葉が書かれたDMもたくさん送られてきました。

「脱税という罪は、国民全体に損害を与える大罪。だから、自分自身も含めた国民全体が被害者だ。謝罪しろ」

「いい気になって金を使いまくっていた報いだ。ざまあみろ」

見ず知らずの人たちから、いきなり向けられる悪意に触れて、一時は「道ゆく人から悪口を言われるんじゃないか」「知らない誰かにいきなり殴りかかられるんじゃないか」と、外を歩くことに恐怖すら感じるようになりました。

誹謗中傷を受けたのは、ネットだけではありません。テレビを中心としたマスコミからも、ひどい報道をされました。多くのテレビでは事件の詳細を伝えることなく、「三崎優太は散々稼いでおきながら、ほとんど納税をしていなかった」かのように報道されていました。

お笑いトリオのパンサー・向井慧は、「青汁王子にお祝いの花を贈るように頼まれたけど断った」「そしたら数週間後に青汁王子が逮捕されていて、花を贈っていたら自分も危なかった」とネット番組で発言したと報じるメディアもありました。

私はパンサー・向井とはまったく面識がないし、そもそもこれまでの人生で誰かにお祝いの花を贈ってほしいなんて頼んだことはありません。さらに言えば、捕まる数週間前まで私はマルタ共和国にいたので、花を頼む機会なんてありませんでした。

世間からバッシングされている人間や、犯罪者とレッテルを貼られた人間であれば、事情をよく知らなくても叩いていい。叩くことで、自分のクリーンさや事情通ぶりをアピールしたい。そんな意図が、パンサー・向井の発言からは感じられました。

事情を知らないくせに、安易に勝手な判断で物事を言う。マスメディアに出ている人のなかには、そんな軽はずみな人間も決して少なくないのだと痛感しました。

保釈後、「どうしても会わせたい人がいるから挨拶してほしい」と知人に頼まれ、彼の誕生日パーティーに呼ばれていったところ、ファッションモデルで最近ではバラエティ番組や女優としても見かける女性タレントのK・Mがいました。すると、私の姿を見つけた彼女の取り巻きから発せられたのが、「世間で叩かれているお前みたいな人間と一緒にいると彼女の迷惑になるので、帰ってくれ」という言葉。それを聞いた瞬間、ガーンと頭を殴られたような衝撃を受けました。

私はK・Mとはほぼ面識はないし、現場では彼女と接点を持とうとするそぶりすらしていません。ただ、知人の誕生日を祝いに来ただけなのに、同じ空間にいるだけで一方的に悪者扱いされる。世の中には、人が弱い立場に陥った瞬間、攻撃してくるような心ない人間がたくさんいるということを、身をもって知ることとなりました。

メディアを通じて優しい言葉をかけてくれた与沢翼さん

メディアやSNSで散々悪口を書かれ、バカにされ、さすがの私もかなり心が折れそうになりました。あれほど毎日のように連絡してきた女の子や知人たちからも、連絡はピタリと止まりました。

大半のメディアが非難するなか、あるスポーツ新聞の取材を通じて優しい言葉をかけてくださった人物がいました。それが、与沢翼さんでした。

与沢さんは「秒速で1億円稼ぐ男」として一世を風靡した起業家で、「ネオヒルズ族」という言葉の象徴となった人です。与沢さん自身も2012年にご自身の会社に国税局の調査が入り、会社を解散させるという経験をしています。

現在は海外に移住し、不動産投資や株、FXをはじめ、さまざまなジャンルの投資家として活躍されています。


スポーツ新聞の取材で与沢さんが「青汁王子についてどう思いますか?」と質問されたとき、与沢さんは「あの人だったら再起できると思います。頑張ってください」とコメントをしてくれました。

全方位から攻撃する人しかいなかったなかで、ほぼ唯一、公の場で私のことを実名で励ましてくれたのは与沢さんだけです。当時は多くの人から批判されるのは仕方ないことだったと思います。でも、そんな針のむしろのような状態でもポジティブなコメントをいただいたのを知ったときは、張り詰めていた気持ちがゆるみ、泣きそうになりました。

与沢さん自身も法人税滞納により、国税の調査を経験しているため、「三崎さんの気持ちがわかる」とも言ってくれました。短いコメントではありましたが、「あぁ、この世の中でたった一人かもしれないけれども、私の気持ちをわかってくれて味方をしてくれる人がいるんだな」と救われた気持ちになりました。まだ与沢翼さんにお会いしたことはありませんが、いつか感謝の気持ちを伝えにいきたいと思っています。

経営者としての再起を応援してくれた、ネクシィーズの近藤太香巳社長

もう一人、とても心の支えになってくれた方が、東証一部上場企業を経営するネクシィーズの近藤太香巳社長でした。

ネクシィーズとはもともと取引をしていたこともあり、以前から近藤社長は私に経営者としての心構えやビジネスにおけるヒントなど、さまざまなことを教えてくれる

頼れる存在でした。

それだけに今回の逮捕騒動でご迷惑をおかけしていないだろうかと不安になり、ネクシィーズへとお詫びに伺ったことがあります。

事件後、多くの取引先や知人が私に背を向けるなかで、近藤社長はとても心配してくれ、「まだ若いからいくらでもやり直せる」「僕はいつでも応援しているから頑張ってね」などと親身な言葉をかけてくれました。


面会後、これから打ち合わせに出かけるという近藤社長を見送るため、一緒にエントランスまで降りていきました。

パリッとした仕立てのよいジャケットを羽織り、運転手付きの高級車に颯爽と乗り込む近藤社長の背中は、私にとってとてもまぶしいものでした。

「あぁ、自分も近藤社長のような立派な経営者になりたかったのに、どうしてこうなってしまったのだろう。自分は、もうあの世界の人間ではないんだ……」

車で遠ざかっていく近藤社長の後ろ姿を見送りながら、私はいつまでもその場に立ち尽くしていました。

初公判後、12年間続けた自分の会社を去る

２０１９年5月10日。いよいよ初公判が東京地方裁判所において開かれることになりました。裁判官から氏名や本籍などを尋ねられ、検察官によって起訴状が読み上げられていくにつれ、「本当に裁判が始まるんだな」という実感が生まれていました。

これから数か月後に自分の判決が言い渡され、そこで自分の運命が決まってしまう。

そんな重苦しい気持ちに包まれるのと同時に、どうしてもやらなければならない大きな仕事が残っていました。

それは、会社の代表取締役社長を辞任することでした。

18歳で起業して以来、ずっと大切にしてきたメディアハーツという会社にとって、いまや自分の存在が一番の「害」であるということはよくわかっていました。潔く代表を辞任し、誰か別の人を後任に立てること、それが会社を生き返らせるために私が

できる最大にして最後の手段でした。

会社にとって最も害をなす存在となってしまった私が、世間の批判をすべて受け止めて辞任すれば、なんとか会社だけは生き残ることができるのではないかと考えたのです。

そこで、しっかりとした後任を探し、自分は初公判の日に辞任することを決めました。当初は保釈された3月の時点で、すぐに会社を辞めるつもりでした。でも、もしも私が初公判前に代表を辞任して、別の人が会社の代表をしていた場合、私だけでなく、新社長も一緒に裁判に出なければならない可能性もある。初公判は何かと注目されやすいため、新社長の名前や顔が大々的にニュースに出ることになれば、何かしらの影響が及ぶリスクがあります。それを避けるためにも、とにかく初公判までは自分が代表を務めて、きちんと責任を取ろうと決めました。

唯一、心が慰められたのは、私の逮捕を経ても、30人近くいた社員たちは誰一人辞めなかったということ。私が代表を辞めた後も、「三崎さんがつくってくれた会社は、これから自分たちが受け継いでいきます」と言ってくれて、その言葉だけでも救われた気持ちになりました。

　多くの人たちに裏切られ、非難されても、彼らだけは自分を信じてくれた。その社員たちを守るために、自分が会社を去るのは仕方のないことなのだ。そう自分に言い聞かせ、初公判が終わった後、諸手続きをして、私は自身の会社であるメディアハーツの代表を辞任することを決めたのです。

第4章

自らの運命に一矢報いる

会社辞任の日、SNSに寄せられたメッセージが人生を変えた

会社を失い、仲間も失い、信じていた人や社会からも裏切られた。国税局との1年以上にもわたる戦いによって、自分がこれまで住み続けてきた日本への信頼感も失いつつありました。

今後、どうしたらいいのか。方向性すらわからず失意のどん底にいるなか、私は「会社の代表を辞任する」という大きな節目に直面していました。辞表を提出しに会社に行く直前、ふとスマホを取り上げてツイッターに1本の投稿をしました。

「これから12年間勤めた株式会社メディアハーツの代表取締役を辞任するための辞任届けを出してきます

これでもう失うものはありません

当然ですが、以前とはかわり心身共に苦しい生活を強いられています

これからは、例え地べたに這いつくばってでも人に頭を下げ、一からやり直したいと

思います」

ツイッターを投稿した理由は、私が会社の代表を辞任することで、今後は会社と私は一切無関係であることを世に知らしめる必要があると感じたからです。投稿する前は、「またいろんな悪口が書かれるんだろうなぁ。いやだなぁ」とぼんやり考えていました。

でも、今後の会社や社員のためには、ツイートするしかない。反論や中傷のメッセージがくることは覚悟していましたが、自分の人生の一つの区切りとして、思い切って自分の心境を投稿し、会社へと向かいました。会社までの間、私は空を眺めながら、こんなことを考えていました。

「代表を辞任したら、もう自分のことを必要とする人なんて誰もいない。社会も国も周囲も誰も信用してくれないのであれば、いっそのこと死んでしまったほうがいいんじゃないだろうか。もうこの世から消えてしまえば、きっと楽になれるはずだ……。

でも、どうせなら『自分は脱税をする意図はなかった』ということを訴えかけるために、判決が出たら私が脱税したとされる1億8000万円をいろんな人にバラまいてから死のう。それが、自分なりの贖罪だ」

周囲の人にこんな思いを悟られたくない一心で表面上は平静を装っていましたが、国税局の取り調べが入って以降、私の精神状態はかなり切羽詰まったものでした。

一日中「消えてしまいたい」「ここからいなくなりたい」という思いが頭に浮かんできては、必死にその思いを押し留めることの繰り返しでした。

「会社の代表を辞任する」というツイートを思い切って世間の人々に向けて発信したのも、「もしかしたらどうせ半年以内に自分は死んでいるかもしれないし、何を言われたってかまうものか」という気持ちがあったからでした。

重い気持ちを抱えて会社に着き、辞任に関する手続きを始めました。

私の辞任を機に社名も変更され、私がつくったメディアハーツという会社はなくなり、私は「社長」という肩書と、12年間を共に走り続けてきた「会社」というパートナーを失ったのです。

かけがえのないものを失い、失意のどん底にあった私は、何気なくツイッターを見ると……一瞬、目を疑わざるをえませんでした。なんとリツイートの数が1000以上、さらに「いいね」の数も1000以上というとんでもない数字がついていたのです。

当時、4万~5万だった私のフォロワー数では、これだけの「いいね」がついたことはありません。

（あれ、どうしたんだ……何があったんだろう⁉）

SNSへ自分が投稿したことをすっかり忘れていたのですが、どうやら数時間前に私が会社の代表を辞めると宣言したツイートが、この数時間にとんでもない勢いで拡散されていることを知りました。

さらに、これまでとは大きく違ったのが、見ず知らずの多くの人々から励ましや応援のコメントをいただいたことです。

「頑張ってください、応援しています」

「大変だと思いますが、気を落とさないでくださいね」

「今後の三崎さんが心配です。今後も活躍してくださいね」

ネット上でも
激しいバッシングを受けていたのに、
見ず知らずの多くの人々から
励ましや応援の声をもらった。
なぜ、これほど多数の人が
親身になってくれるのか……。
突如変わった風向きの中、
「自分はここにいてもいいのか」と、
胸に熱いものがこみ上げてきた。

数週間前までは、これでもかというほどに叩かれていたはずなのに、いったい何があったんだろう……。

会ったこともない人間に、これほど多くの人が親身になってくれるものなのか。それを知って、ボロボロで壊れそうだった心が、優しく包まれているような気持ちになりました。

自分はここにいてもいいのか……。そう感じたとき、思わず胸に熱いものがこみあげてきて、私はまた泣いていました。

それと同時に、なぜこんなにも多くの人たちは、自分を受け入れてくれたのだろう、という疑問が頭をよぎりました。脱税報道が出た後は、ネット上でバッシングしかされたことがなかったため、あまりの反響の違いに驚きつつ、私はひとつの事実に気がつきました。

それは、「世間の人々は、誰かがいい目を見ているときは叩くけれども、墜ちていくときはすごく共感してくれるものなのだ」ということ。

この心理に気がついたことは、その後の私の活動を決める大きな指標になりました。これだ――。私は直感的に思いました。その発見こそが、第1章でご紹介した「青汁劇場」と呼ばれる、あの一連の出来事の発端となったのです。

私が「青汁劇場」を公開したワケ

逮捕された直後の私は、「国税局の闇を伝えるためには、自分自身の言葉で直接人々に訴えかけるしかない」と考えていました。でも力もなく、影響力もない私が何を叫んだところで、上級国民に掻き消されるだけ。なんとしてでも、彼らに立ち向かえる力が欲しいと思っていました。

そんな私にとって天啓となったのが、「会社の代表を辞任する」と発表したSNSに対する世間の反応です。

あまりにも多くの人々が私のツイートに反応してくれる様子を見て、「SNSを使えば国税局に受けた理不尽な仕打ちやこの国の暗部について告発することができるんじゃないか」と考えたのです。

事件当時、「自分には本当に脱税の意思はなかった」とどれだけ主張しても、一度「犯罪者」としてのレッテルを貼られた私の話を、誰も聞いてはくれませんでした。

自分の小さな声なんて、国家権力の前では瞬時にかき消されてしまう。強大な力に立ち向かうためには、これしかない……という思いがありました。

より多くの人に見てもらうには、そのとき4万～5万人しかいなかった自分のフォロワーをもっともっと増やす必要がある。そのためには、何よりも人目を引く発信をする必要があり、どうやったら人の関心を集めることができるのかを考えました。

そこで思いついたのが、「SNS上で墜ちていく自分の姿を見せる」というもの。すでに私自身の人生は、これまでにないほど深い深いどん底に墜ちていました。

守るべきものもすべて失った今、たとえ自分がバカにされても、どんなに恥ずかしい思いをしてもかまわない。今の自分にできることは、人々から注目され、発信力をつけ、世の中に問題提起をすることだけ。その重要さに比べれば、私のプライドなんてゴミクズのようなものだ。

ならば、SNSでできるだけフォロワーを増やして、自分自身がひとつのメディアとなって、とことんまで発信してやろう。そのためには死ぬ気で努力し、どんな手を使ってでもいいから、注目を集めるしかない。

当時は日本という国をはじめ、この世界に嫌気が差して、「裁判が終わったら死のう」と本気で考えていました。しかし、どうせなら国税局の闇を世の中の一人でも多くの人に知ってもらうべく、告発しようと決心したのです。

20代で14億4000万円という社会に胸を張れる額の納税をしてきたにもかかわらず、国税局によってすべてを失った私にとって、この告発を執念で実行することこそが、最後の小さな意地の見せどころでした。

そう決意した瞬間から、虎視眈々と準備を始めました。脱税事件の裁判の判決が出る夏までに、可能な限りフォロワーを集める。自らの運命に抗い、一矢報いるためには〝ピエロ〟になってもかまわない。世間の人々が望む「墜ちてゆく青汁王子の姿」を披露することで、なんとしてでもフォロワーを集めようと覚悟したのです。

そこから私は、まず知人の焼き鳥屋さんにバイトをさせてほしいと頼みました。年商130億円の社長から無職になり、焼き鳥屋のバイトとして働き始める姿を世間に見せることで、私がゼロからのスタートを果たそうとしていることが伝わるのではないか……と思ったからです。

ホストクラブで働かせてもらう際も、「夏に向けて人生で一番の勝負に出るつもりなので、長くは続けられないかもしれない」と伝えたうえで働かせてもらいました。

正直、私が会社の代表を辞任してから裁判の判決が出る2019年9月までの間、「より人々が注目してくれるように」「より多くの人がおもしろがって話題にしてくれるように」と意識して行動していたことは事実です。

例えばデリヘルで女の子を呼び、その様子を写真や動画などで公開することは、普段なら絶対に取らなかった行動でしょう。しかしあえて公開に踏み切ったのは、「多くの人の注目を集める必要があった」という私の執念の結果でした。

ただ、どの出来事についてもすべて本気で向き合い、チャレンジしてきたことは事実です。そういう意味では、5月から8月までにSNS上で繰り広げた「青汁劇場」は、私が自分自身を主人公にしてシナリオを書いた、リアリティ・ショーのようなものでした。

青汁劇場を繰り広げている最中、「どうして自分の恥を晒すようなことをするのか」とたくさん聞かれました。なかには、今思い出すと死にたくなるほど恥ずかしい思いをした投稿も少なくありません。

でも、死ぬほど恥ずかしい思いをしてでも私が「青汁劇場」を公開した理由――それは、世間の人々への問題提起を行いたかったからです。

繰り返しになりますが、「国に損害を与える」という観点からいえば、自分に脱税の意思は1ミリたりともありませんでした。そのため、公判中も検事からの「脱税をしましたか?」という問いかけに対して、私はどうしても「はい」と答えることはできませんでした。

経営者としての自覚が甘かった。その責任感から、有罪であることは受け入れたけれども、そこに私の考える〝真実〟はありません。だからこそ、裁判以降もずっと「自分の中の真実は別にある」と考え続けていました。

しかし、多くの人はこうした私の思惑など、知る由もありません。そのため、判決が出る2019年9月5日、メディアが私をバッシングすることは間違いありませんでした。しかし、メディアからの批判を受けるということは、注目を浴びる機会でもあります。世間から最も私への注目が集まるこのタイミングに照準を合わせ、社会への問題提起を行う。このたったひとつの思いしか、私の頭にはありませんでした。バッシングすらも逆風として利用するためには、なんとしてもこの日に動画を公開しなければならないと覚悟を決めました。

有罪判決の翌日に出した1本の動画

2019年8月31日にホストとしての勤務を終え、「青汁劇場」の最終章を締めくくった5日後の2019年9月5日、東京地方裁判所で私への判決が下されました。

「懲役2年、執行猶予4年」

しかし、私がこの判決を聞きながら考えていたのは、この後に控えている人生最大の大勝負のことでした。判決が出た翌日の9月6日、私はYouTubeに1本の動画を配信しました。動画のタイトルは、

「僕が脱税したとされている【1億8千万円】を日本の未来のために贖罪寄付します」

この動画こそ、私がこの数か月間ずっと温め続けてきた「訴えたかったこと」を、できる限り詰め込んだ一世一代の勝負でした。

私は1億8000万円の脱税で懲役2年、執行猶予4年の有罪判決を受けました。売上が急成長している伸び盛りの会社ではありましたが、まだ若くて世間知らずで、経営者として認識もコンプライアンスも甘かったと反省しています。しかし、国に損害を与えるという意味での脱税をする意図はなかったし、経営者時代も納税自体は積極的にやってきました。実際、この年も14億4000万円を納税しています。税金を払いたくない、脱税したいという意図があったなら、こんなに多額の税金を納めようとはしないはずです。

しかし、こういった事態に陥ったことについて真摯に反省し、公に向けて謝罪の気持ちを発信しました。

また、今回の事件を通じて、私が取り調べを受ける一方で、国税局自体は本当に正しい組織なのか、疑問を持つようになりました。国税局の担当の鬼木には、取り調べ中に何度も高圧的な脅しを受けたこと。「今認めないとお前の人生を潰す」と言われたこと。鬼木の取り調べによって、1年間で3回しか会社に行けないほど精神的に追い詰められ、うつ病になりかけた話も赤裸々に語りました。

国税局によって、メディアへの悪意あるリークがなされたことも話しました。「三崎は税金を払いたがらなかった」という虚偽のエピソードに始まり、国税局がメディアに対する印象操作を行っていたことや、取り調べ内容が悪意ある形でメディアに暴露された話など、私が経験した一連の出来事によって、国税局に対する不信感がどんどん募っていき、いち納税者として「こんなにとんでもない組織だったのか」という強い恐怖を感じたことを述べました。

〝上級国民〟なら何をしても許されるのか

動画のなかでさらに私が指摘したのは、実際に国税局が社会に対して行ったことについてです。国有地の不正な払い下げを行った森友学園問題において、公文書改ざんを行った国税庁元長官で、当時、財務省理財局長だった佐川氏はいまだに釈明を行っていません。

当時、佐川氏に命じられて公文書改ざんに関わったとされる近畿財務局の現場職員は、自殺にまで追い込まれたのに、まだ佐川氏はこの件について何の謝罪も行っていないのです。

国家側の人間、すなわち〝上級国民〟であれば何をしても許されるし、何をしても守られる。これは絶対におかしい。不公平である。この国の若者の未来のためにも、絶対に風化させてはいけない。いち国民として、そう声を上げたかったのです。

なぜ、国有地を不当に安く払い下げ、国に損害を与えたにもかかわらず、税金を集めるべき組織の国税庁のトップである佐川氏は許されるのか。2019年10月には消費税率の引き上げも行われ、国民はより厳しい税負担を強いられ、苦しい生活を送っています。こうした現状に対して、私たちは黙って見ているだけでいいのでしょうか。

2020年6月には、森友学園の文書改ざん問題で死亡した近畿財務局職員のご遺族の方が、第三者委員会による再調査を求める呼びかけに、約35万人の署名が集まりました。しかし、いまだに再調査が行われる気配はありません。

その後、ご遺族が「なぜ自殺に至ったのか。その原因と経緯を明らかにしてほし

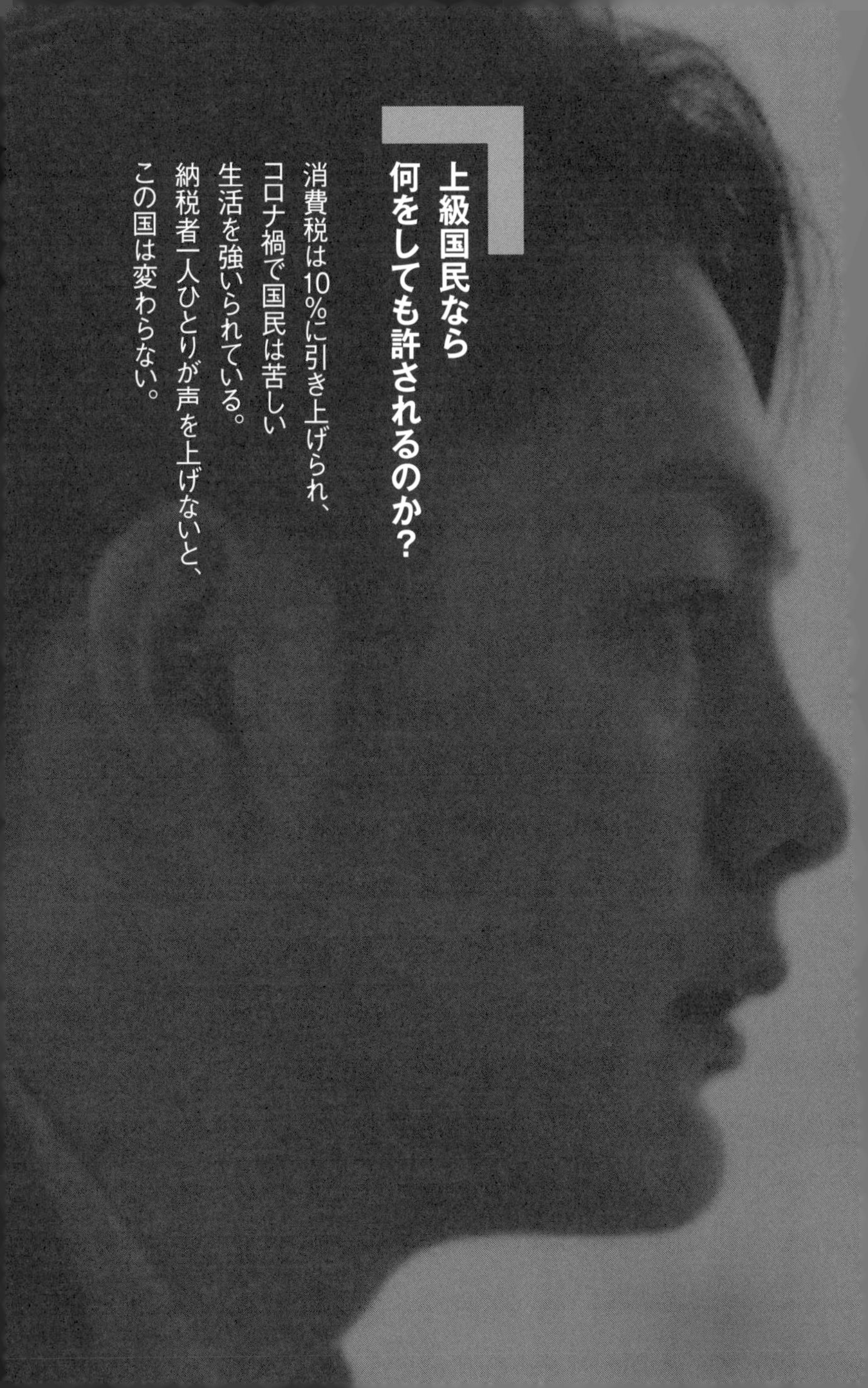
上級国民なら
何をしても許されるのか?
消費税は10%に引き上げられ、
コロナ禍で国民は苦しい
生活を強いられている。
納税者一人ひとりが声を上げないと、
この国は変わらない。

い」との訴えから、ついに提訴に踏み切りましたが、その後も財務省側からははっきりとした説明はなされていません。発覚から3年がたった今も、真実は闇の中に葬られているのです。

いかに国民が声を上げても、それは上級国民には届かない。人の一生や運命を大きく左右する事件が、上級国民のさじ加減ですべて操作されてしまう。これは、決して「法の下の平等」であるとは言えません。

「脱税をしたお前が言うな」「論点のすり替えだ」という批判もありますが、納税者である私たち国民が今動かないと、この国は変わりません。これは誰もが声を上げるべき問題だと考えています。だからこそ日本中の人々に「国税局の抱える闇」について、いま一度考えてみてほしいということを誠心誠意伝えていきました。

180人に100万円。1億8000万円の贖罪キャンペーン

9月6日の動画を通じて訴えたかったのは、国税局の告発だけではありません。国

税局の不当な調査や森友問題における佐川氏への追及と、私が裁判で有罪になったことはまったくの無関係です。

いくら国税局に不信感を抱いたとしても、それによって自分の罪が軽くなるとは断じて思っていません。脱税事件で世の中を騒がせてしまったことは、私の過ちであるのは事実です。経営者としての自分の意識の甘さが、世間をお騒がせしてしまったことについても改めて動画のなかで謝罪しました。

社会に対して、私自身ができるけじめとは何か。自分なりに考えたのが、動画のタイトルになったように「1億8000万円を180人に100万円ずつ配る」というアイデアでした。

1億8000万円は、私が脱税したとされる金額と同じ額です。脱税という、あってはならない出来事に対する贖罪を込めて、180人の人に100万円を寄付しようと考えたのです。100万円の寄付対象となる180人の条件は、動画公開から10日間にツイッターやインスタグラムをフォローしてもらい、私の主張をリツイートしてもらうこと。

これはフォロワーを増やそうとしたわけではなく、「国税局の闇や森友学園問題について、より多くの人に考えてみてほしい」という私の主張が、一人でも多くの人の目に触れてほしかったからです。10日後にフォローを解除してもらっても、まったくかまわないとすら思っていたのです。

命を救ってくれたのは、SNS上の見知らぬ人たちだった

当初、私が「1億8000万円を配る」と発信した直後、多くの人からは、

「なんでそんなことをするんだ」

「お金が無駄じゃないのか」

と言った多くの声が寄せられました。

たしかに1億8000万円というお金は、私にとっても大金です。しかし、これだけ巨額のお金を配ることに一切の迷いや悔いはありませんでした。

なぜ、私がそこまで思い切ることができたのか。その理由は、数か月前から「9月6日に自ら命を絶つことも覚悟していた」からです。

国税局の取り調べが始まった日以来、誰にも信じてもらえず、全方向からバッシン

グされる毎日でした。

もう死にたい。もう消えたい。もう人生を終わりにしたい。

そんな苦悩の日々が続きました。そして、徐々に「自分は死んだほうがいいのではないか」という考えに襲われていました。

延々と続くこの苦痛が終わるなら、死んだほうが楽だ。だったら、自分が脱税したとされる1億8000万円を世の中にバラまいて、動画を配信する9月6日に死んでやろう。もう死ぬのだから、1億8000万円という大金だって、ちっとも惜しくはない。

そう考えながら、日々を生き抜いてきました。

守るものがない人間には、怖いものは何もありません。むしろ、「死ぬこと」が心の支えになっていたからこそ、釈放後のメディアのバッシングや裁判、ネット上の非難の声も耐え抜くことができたのだと思います。

そして、いよいよ9月6日。

動画投稿後、私は大きな虚脱感にとらわれていました。「さぁ、あとは死ぬだけか……」と考えつつも、最後にお世話になった人たちに連絡を取ろうとすると、そのスマホが絶え間なく鳴り続けていたのです。

驚いてスマホを見ると、リツイートやリプライ（返信のようなもの）がそれこそ1秒の間に何通も届きました。次から次へと寄せられるメッセージと同時に、私のフォロワー数は激増。最終的には140万人に達していました。想像もしていなかった圧倒的反響に、正直、驚きを隠せませんでした。

そして、何より衝撃的だったのが、私に対して投げかけられたメッセージの内容が、どれも優しさにあふれていたことです。

「大変でしたね。応援しています」

「これまでの活躍を見ていました。今後も頑張ってください」

これほど多くの人が、一度も会ったことのない私を励ましてくれる。メッセージを1通ずつ読むごとに、昨日まであれほど死にたかった気持ちが少しずつ薄れ、新たに勇気が湧いてくるのを感じました。

「ここで死んではいけない。生きなくてはいけない。自分にはこの世の中をよくする

自分の中の真実を伝えるため、
脱税したとされる1億8000万円を配って、
死ぬつもりだった。

しかし、徐々に風向きは
変わっていくのを感じた。
ここで死んではいけない。

自分にはもっとやらなきゃいけないことがある。

つらかったとき、
どん底に陥ったとき、SNSを通じて
たくさんの応援コメントをくれた
皆さんのおかげで今の自分がある。
皆さんの温かいメッセージに本当に励まされた。
そのことは絶対に忘れない。

ために、生きて、もっとやらなきゃいけないことがある」

顔も名前も知らない、声すらもわからないけれども、メッセージをくれたすべての人たちに、心から「ありがとう」という言葉を伝えたい。

そんな感謝の気持ちで、空虚だった私の心はどんどん満たされていったのです。

SNSによって、多くの人から命を救われたというこの出来事は、その後、「どんな過去だって、向き合い方によって変えることができる。ならば、今後の未来をよくするために、自分は何ができるのか」と考える大きなきっかけになりました。

SNS上での私の主張は、少しずつ世間へと拡散されていき、日を追うごとに、私への応援メッセージは増えていきました。

世の中にはお金に困っている人がたくさんいることを知った

このキャンペーンを通じて、私は非常にいろんなことを学ぶことができたと思います。まず、「人間というのは本当にいろんな人がいるのだな」ということ。平気で嘘をつく人もいるし、悪意をもって接してくる人もいる。一方で、本当に心がキレイで誠実な人もいる。

当選後の行為を見るだけでも、人によって千差万別でした。例えば、お金を渡した後、ＤＭで「ありがとうございました。お金はこんなふうに使いました」と丁寧な経過報告を送ってくれる人もいました。でも、大半の人は「お金の使い道」などについては何も連絡してくれません。なかには、お金を振り込んだ後に、アカウントに鍵をかけて、私からは見られなくするような人もいました。

このとき、本当に勉強になったのは「お金が正義じゃない」ということです。お金を無償であげても、相手の人から支持されるわけではないし、必ずしも言うことを聞いてもらえるわけではない。人の心はお金では買えない。そんな人間の本質や裏側を、このキャンペーンを通じて知ることになりました。

また、キャンペーンで何度も目にしたのは、「他人の嫉妬」です。初期の頃は、私が実際にお金を配っていることを裏付けるためにも、当選者には「当選したことをツイートしてください」とお願いしていました。

でも、いざ当選した人たちがツイートすると、周囲の人から妬みや嫉妬が相次ぎ、ネット上で誹謗中傷される人まで出てくる始末でした。当選者たちから「自分が当選したことを発表すると、ネット上の人たちが攻撃してくるのでなんとかなりませんか」と相談されたこともありました。

それ以降は、「私がちゃんとお金を振り込んでいる」という信用もとれたので、当選ツイートはストップし、こうした二次被害を防ぐようにしました。しかし、「他人の幸せが許せない」というネット上の根強い嫉妬を目の当たりにして、衝撃を受けたのも事実です。

また、最大の発見は、「世の中にはこんなに困っている人がたくさんいるんだ」ということでした。テレビやネットのニュースで「困っている人がいる」ということを知ることはあっても、私は18歳から会社経営をやっていたせいか、人生で「今お金に困っていて、深刻な悩みを抱えている」というような人には、あまり会ったことがありませんでした。

ただ、DMを通じて、難病で治療費を欲している人や、進学のためにお金が必要な人、仕事が急になくなってしまって明日の食費にも窮している人、障害のため思うように働けない人まで、たくさんの人の話を聞くことになりました。

きれい事を言うつもりはまったくないのですが、このときつくづく「世の中にはお金に困っている人がたくさんいる。自分はこれまでこうした人々の存在を知らずにきたが、何かできることはないのだろうか」と心底感じるようになりました。

森友学園に売却された国有地で手渡した100万円

1億8000万円の贖罪キャンペーンのなかで一番印象深かったのは、大阪府豊中市にある財務省近畿財務局が学校法人森友学園に払い下げた国有地の前で当選者の一人に100万円を手渡すという試みでした。

ほかの当選者の方に関しては、全員個別に私からDMを送り、振込先を送ってもらい、口座に振り込んでいました。でも、国税局の不正をどうにかして正したいと思った私にとって、森友学園の前で手渡すのは非常に意味のあるもの。これは、キャンペーン開始当初から温め続けてきたことです。

そして、近隣に住む当選者の方の一人に私の思いを伝え、実際に100万円を渡す光景をYouTube配信用の動画に収めるべく、事前に「森友学園の国有地の前にて、顔出し・手渡しをお願いしたい」と伝えて、了承も得ていました。

しかし、当日になって当選者から「やはり顔出しはしたくない」と断られるというハプニングが起きてしまいます。

しかし、簡単には諦めたくありません。そこで、急遽予定を変更してインスタグラムで「この国有地に最初に来た人に100万円をあげます」と告知し、最初に顔出しOKで到着した人に100万円を渡すことにしました。

しばらくすると、たまたま近所にいたという一人の女性が国有地前にやってきて、無事に100万円を彼女に手渡すことに成功。さらに、その様子を動画に収めることもできました。

私自身も当選者の方に会うのは初めてだったので、実際に100万円を手渡すことができてとても感慨深かったです。それと同時に、いざ森友学園の建設予定地に足を運んで、その土地自体を目の当たりにすると、改めてその広さや立地のよさに驚きました。これだけの広い土地が、たった1億3400万円で売られるのはありえない。

そして、その広い土地の源は国民の税金です。消費税が上がり、増税によって国民に苦しい思いをさせる前に、国税庁前長官の佐川氏は国民に筋を通すべきです。

やはり、この問題については今後も追及していくべきじゃないか。そう感じた私は、目の前に広がる国有地の光景を、強く心に刻みつけました。

国税局に潰されるのではないか……という心配の声

180人に無事100万円ずつ配り終えた後、私の心に残ったのは、「大仕事を終えたな」という安堵感と、「世の中の反響がどんなものになるのだろうか」という高揚感が混ざりあった、不思議な気持ちでした。

実はキャンペーンを始めた当初、知人やSNS上のフォロワーなどいろいろな人から、私の身の安全について心配されていたのです。

「これ以上ネガティブキャンペーンを続けたら、国税局に潰されるんじゃないか」

「国税局に何をされるかわからないから、やめておいたほうがいいよ」

そんな言葉は、何度もかけられました。特に会社経営者をはじめ、自営業の人がよく口にしていました。

今のところ国税局からのあからさまな嫌がらせは受けていません。ただ、見えないところで国税局からの〝妨害〟を感じるシーンはありました。

例えば私が決死の覚悟で行った1億8000万円キャンペーンは、一部のネットメディアを除き、ほとんどのメディアで報道されることはありませんでした。ZOZOの前澤友作元社長が総額1億円を100人に100万円ずつ配った際は、あそこまで話題になっていたにもかかわらず、です。

その事実に対して不思議に思っていたところ、後日、現職の国会議員の方から「三崎君の1億8000万円キャンペーンに対しては、国税局からの圧力でマスコミに報道規制が敷かれていたよ」と打ち明けられました。

どこまで本当かはわかりませんが、もしもこれが真実ならば、国税局の闇は、私が思っている以上に深いのではないかと思います。

ただ、今のところ、表立った嫌がらせを受けていないのは、もしかしたら以前に比べると、私自身に多少なりとも発信力がついたからなのかもしれません。今だからこそ思いますが、もし国税局の調査が私のところに入った当時、私に今くらいの発信力があり、取り調べの際に起こったひどい出来事を逐一ＳＮＳ上で発信していたとしたら、修正申告が受け入れられたのではないか。担当の鬼木から恫喝されることもなかったかもしれないし、起訴・逮捕までは至らなかったのではないか。そんなふうに思うこともあります。

上級国民への忖度司法がまかり通る日本

今回の事件を経験して自分に起きた変化のひとつは、世の中のニュースに対する見方が大きく変わったことでした。

例えば、２０１９年4月19日に起こった東池袋自動車暴走死傷事故。この事件は、旧通商産業省工業技術院の元院長である87歳の男性が、赤信号を無視して東池袋の交差点に突っ込み、自転車に乗っていた母子が死亡しました。まだ幼い子供と若いお母さんの突然すぎる死。あまりにも痛ましい事件から、今も多くの人の記憶に残っているに違いありません。

加害男性が信号無視をしてまで自動車を走らせていた理由は、「予約していたフレンチレストランに遅れるから」。そんな理由で幼い子供を含めて2名の命が失われました。厳罰を求める署名が39万筆も集まっているのに、事件直後に逮捕すらされることはなく、事故から1年たった2020年4月19日時点でも在宅起訴にとどまっています。

この事故の加害者がこれだけ優遇されていた理由、それは元官僚という〝上級国民〟だった以外に考えられません。これは森友学園問題と構図は同じで、まさに〝忖度司法〟そのものではないでしょうか。

なぜ、税金を集めるトップは公文書を偽造しても罪に問われず、官僚は人を殺しても在宅で許されるのか。一般国民が住民票などの公文書を偽造したり、人を殺してしまったら、即逮捕されます。

私の脱税事件もそうでした。上級国民のさじ加減ですべてが決まってしまう。そんな今の日本に、若者は夢を見られるのでしょうか?

私は若者に夢を持ってほしいですし、そんな社会に近づくよう、できることをしていきたいと今でも考えています。ますます国民負担が増えていくなかで、これからも私はこの国が抱える闇について声を大にして訴え続けていきたいと思っています。

第5章

過去は変えられる

過去は変えられる

脱税の容疑をかけられた2018年から、あっという間に時が過ぎました。その間、青汁劇場や1億8000万円の贖罪寄付、さらにYouTuberデビューなど、さまざまな出来事がありました。

当初はあまりのバッシングの激しさに「もう死んでしまおうか」と何度も思っていましたが、度重なる発信を通じて、今は「風向きが変わった」と思えるようになりました。

その理由は、これまで無視され続けてきた私の言葉に耳を傾けてくれる人、インターネット上で自分を応援してくれる人の声が増えてきたからです。

国税局と戦っている最中は、無我夢中でした。どんなに自分が発信しても、〝無職で犯罪者〟の言葉は誰も聞いてくれません。孤立無援のなか、真実を伝えたいと思い、必死で自分の人生に抗いました。その結果、今では私の言葉に耳を傾けてくれる人たちが増えたのだと思っています。

大変な思いもしたけれど、周囲に何を言われようと、恥も外聞もすべてをかなぐり捨てて自分の意志を貫けたことは誇りに思っています。

どんな過去の失敗も、向き合い方次第で「成功の過程のひとつ」に変えることができる。「過去は変えられる」ということを私自身が身をもって証明してきたつもりです。

しっかりと税金を納めて、周囲を幸せにする経営者になりたい

事件後、世間からの大逆風を受けながらも、さまざまな人が私を応援してくれました。あれから1年がたちましたが、その応援の声は今も続いています。

ネットを通じて、これまで会ったことがない多くの方々からも励ましや応援の言葉をもらいました。もしこの励ましの声による後押しがなければ、私は再起することができなかったのではないか。そう断言できるほどに、支えてくださった皆さんに心か

ら感謝しています。

事件後、私がずっと考え続けてきたのは、「ボロボロになり、地に墜ちた自分を支えてくれた多くの人のために、今の自分には何ができるのか」ということでした。

２０２０年、コロナ禍で多くの人が困窮にあえいでいます。困っている多くの人を救うため、そんな日本社会に対して、自分ができる恩返しはないのだろうか。そのことについて、この数か月間、繰り返し自問自答し続けました。

その答えとして私の頭に浮かんだのは「経営」の2文字でした。


10代で起業して以来、私はビジネスだけに目を向けてきた人間です。数少ない自分の得意なこと。それは「経営」だと自負しています。

自分が経営者としてたくさんの雇用を生み出し、たくさんの利益をあげ、たくさんの税金を払う。そして、そのお金を有効に使ってもらうことが、自分にできる最大限の社会貢献ではないかと思ったのです。

国税局の取り調べのせいで、日本という国を一度は嫌いになり、「税金を二度と日本に納めたくない」と思ったこともありました。

今の自分にできる恩返しは何か？
その答えとして頭に浮かんだのは
「経営」だった。

経営者としてたくさんの
雇用を生み出し、
たくさんの利益をあげ、
たくさんの税金を払う。
それが、自分にできる
最大の社会貢献ではないか。

一時は大嫌いになった日本だが、
日本に生まれたからには
納税も含めて、しっかり
経済貢献をしていこうと思う。

ただ、多くの人に支えられるという経験を経た後は、「やはり日本に生まれたからには、納税も含めてしっかり経済貢献をしていかなければならないのではないか」と思うようになりました。

きれい事に聞こえるかもしれませんが、本心から私はそう思っています。

贖罪寄付を通して、私は「自分の意思」と「自分の中の真実」を多くの人に伝えてきたつもりです。ＳＮＳを中心に市井の人々は応援してくれて、少しずつ世の中の風向きは変わってきているように感じます。

結果、私の名誉は回復されたかもしれませんが、社会が動いたかというとそうではありません。上級国民と言われる〝社会の上層部〟にいる人たちには届いていません。だから、社会が変わらないのだと思います。

もう一度努力し、現在の「無職」という立場を脱して、社会的な存在感を手に入れて、もう一度皆さんにこのメッセージを訴えかけてみたいと思っています。

そのために「経営者」として復帰するつもりです。その布石として、２０２０年7

月7日には、株式会社みさきホールディングスを立ち上げました。再び、「経営者」という肩書を手に入れた今、改めて「本来あるべき社会の姿」について、世の中に問いたいと思います。

「なぜ、そこまでするのか」

「もうお金もあるのだから、自由に生きたらいいじゃないか」

そう思う方もいるかもしれません。でも、どうせ生きるなら、自分が「良い」と思う日本の社会を生きていきたいのです。次の時代を担うたくさんの若者たちが活躍する土台を築き、経営者が尊敬されるような世の中にすること。それが自分の使命だと今は実感しています。

若い頃の自分は、自分の利益しか考えたことがありませんでした。でも30代になった今、自分の利益だけではなく若者や社会全体への貢献も考えなければいけないと思うようになりました。これからも生涯起業家として、たくさんの人に夢を与える存在であり続けたいと思っています。

日本における経営者の地位をもっと上げて、国の競争力を高めたい

自分自身が経営者に戻るという選択に加えて、私が今考えているのは、「社会貢献」です。

「できれば、自分や自分の会社だけではなく、社会全体を盛り上げるようなことができないだろうか」

そこでひとつ考えついたのは「経営者の地位の向上」でした。

以前、とある経営者の方が発言されていて、私が非常に共感した言葉があります。それは「日本で会社経営をするのは罰ゲームである」というもの。まさにその言葉通りで、「日本の経営者は大変だ」という認識は、国内だけでなく、海外の経営者たちの間でも高まりつつあります。

また、「ユニクロ」で知られるファーストリテイリングの柳井正会長兼社長も、2019年10月の『日経ビジネス』のインタビューでこう語っています。

「日本出身ということは必要で、日本のＤＮＡはすごく必要だけど、強みが弱みになっています。例えば、みんなと一緒にやるという強みが弱みになってしまっている。たとえば忖度で公文書を偽造するのは犯罪で、官僚なら捕まって当然でしょう。民度がすごく劣化した。それにもかかわらず、本屋では『日本が最高だ』という本ばかりで、私はいつも気分が悪くなる。『日本は最高だった』なら分かるけど、どこが今、最高なのでしょうか。」

（『日経ビジネス』２０１９年10月14日号）


近年の子供たちのなりたい職業ランキングを見ても、経営者や起業家はほとんどランクインすることはありません。むしろ、「楽しいことをやってラクにお金を稼げる職業」として、ＹｏｕＴｕｂｅｒのほうが人気です。

そのくらい日本の社会は、起業家や経営者という存在に夢を感じない時代なのです。

ただ、私自身が子供の頃から、「経営者は悪いものである」という風潮がありました。

例えば、ライブドアを立ち上げた堀江貴文さんは「ヒルズ族」という言葉を世に広めた日本を代表する起業家の一人だと思います。

たった一人で、何のバックグラウンドもないなか、その地位と資産を築き上げた堀江さんは、私にとって憧れの存在でした。でも、彼もライブドア事件によって世間からその責任を問われ、起業家としての立場を追われました。

それを見て、「あぁ、起業家ってバカを見る仕事なんだな」と強く印象付けられたことを、子供心に覚えています。

近年では、日産のカルロス・ゴーンさんの例も記憶に新しいでしょう。ゴーンさんは日産自動車という赤字企業を改革し、世界的な存在感を持つ黒字企業へと立て直した人物ですが、自身の会社の私物化や高額すぎる報酬などが問題視され、長期勾留から保釈中に国外脱出を遂げました。

会社を私物化することは決していいことではありません。しかし、それだけの功績を成し遂げた人物にもかかわらず、あまりにも日本社会の対応は冷たかったのではないかと個人的には感じてしまいます。

「お金を稼ぐ人は悪」という概念は、社会の作り出した風潮にすぎない

なぜ、日本では経営者は悪だと思われてしまうのか。それは、日本ではお金を持つ人へのやっかみや嫉妬が激しく、「出る杭は打たれる」という風土が蔓延しているからです。私自身が国税に目をつけられた理由も、おそらく「出る杭」だったからかもしれません。

ただ、「お金を稼ぐ人は悪である」というイメージは、国税局がつくり上げたものだと私は思います。そのイメージによって起業家が損をして足を引っ張られてしまうのは、日本経済にとって妨げであり、大いなる損失です。

経済はよくも悪くも経営者や起業家がつくっていくものです。優秀な経営者が誕生すれば、その会社が利益を生み出し、雇用が生まれ、経済が潤う。さらに世界的な大企業に成長すれば、日本の国際競争力を支える存在にもなりえます。

経営者や起業家がもっと脚光を浴びる社会になり、経営者や起業家に対する偏見や

妬《ねた》み嫉《そね》みがなくなれば日本社会の経済も活性化していき、景気の循環がよくなり、よりよい未来がつくれるはずです。

また、子供たちに「起業家はかっこいい」「経営者ってすごい職業だ」と知ってもらうことは、一人でも多くの起業家や経営者が生まれることにもつながり、未来の日本を支える礎になる。それは、日本の子供たちみんながＹｏｕＴｕｂｅｒを目指す社会よりも、きっと良い未来になるはずです。

森友学園問題をはじめ、日本の政治には、経営目線が欠けている気がしてなりません。狭い世界で忖度がはびこっているのは、効率性や合理性を考えていない。さらに言えば、ビジネスの実際の現場を見たことがない人が多いからではないかと思います。海外ではトランプ大統領を筆頭に、実業家が政治に参加して、結果を出しているケースが多々あります。

私のように経営経験のある人間が何割か国政に参加すれば、経営や社会のお金の流れがわかっていない官僚や政治家が税金の使い道を考えるよりも、より有意義な使い方ができるという自信もあります。

日本のビジネス力を高めるには、「横並び社会」から脱却することが大切

起業家の地位向上や若者支援を進めていくうえで私が重要だと思うのが、日本のように「横並び」を尊ぶ風潮は変えていくということです。

現在の日本は、世界中のどこよりも「目立つこと」が簡単な国だと思います。

なぜなら、多くの人が「平等が美徳」「周囲の人と同じであることが正しい」と思っている社会だからです。

でも、果たしてこれは本当に正しいのでしょうか？

誰もが他人と同じように学校へ通い、就職し、結婚し、子供を産み、車や家を買う。日本では〝普通の人〟を育て、凡人を生み出すための教育がなされています。誰もが似たような人生を歩むからこそ、少し他人と違うことをするだけで、大勢の横並びの中から簡単に頭ひとつ抜けることができます。「人と一緒がいい」という考えを棄て、人と違うことをやるのが大事なのです。

人と違うことをするからこそ新たな発想や着眼点が生まれ、これまでになかった新しい文化や発明が生まれるのだと、私は思います。

「横並びから脱すること」は、ビジネスにおいてもとても重要です。

第2章でも言及しましたが、私が「青汁王子」としてメディアに出ようと思った最大の理由は、他社との差別化戦略のひとつでした。経営者自らメディアに出ることで、「採用競争力が増す」ということがわかりました。

企業は求人広告のために広告費をたくさん使います。しかし、知名度のない会社に優秀な人材は集まりません。私もメディアに出る前は求人してもまったく応募がなかったのですが、「青汁王子」としてメディアに登場するようになってからは応募が殺到するようになりました。

しかも、メディアに出ることで「社長はどんな人なのか」といったトップの人物像や、「どんなことをしている会社で、何を目指しているのか」といった企業ビジョンもしっかりと伝わり、これまでは絶対に応募してこなかったような有名企業出身者が「三崎さんと一緒に働きたい」と言ってくれるようになったのです。このときに採用した優秀な人たちが、年商130億円に育て上げるうえで大きな戦力になったと確信しています。

メディアに出たり、自らSNSで発信するようになって、雇用のミスマッチを防ぐことができました。

テレビに出ると「目立ちたがり屋だね」と笑われたり、妬まれたこともありましたが、実は核心的な部分で経営上のメリットがあるとわかっていたので、私はメディアに出続けました。

世の中にはお金では買えないものがいくつもありますが、そのなかの一つが「知名度」です。

だからこそ会社員や経営者の方ほど、私はSNSに力を入れるべきだと思います。

知名度を持つ最大のメリットは、人から一目置かれることです。ビジネスでは、いかに相手から軽んじられないかが重要です。SNS上において、多少なりとも名前と顔が知られることで、初対面の相手から軽んじられることは減ります。

さらに、知名度があると、ビジネス上でも極めて有利です。求人において、大きなメリットがあったのは前述の通りです。

ＳＮＳのフォロワーの数字は、学歴や職歴、資格では測れない自分の価値を図る一つのバロメーターになります。近年はフォロワー数が多いというだけで欲しがる企業も多く、ＳＮＳ上で影響力を誇る人が有名企業にヘッドハンティングされている事例は、もはや普通のことになりつつあるのではないでしょうか。もちろん会社という枠を超えて、プライベートや副業などでも広がります。

知名度を上げようとすると周囲の人からは「目立ちたがり屋」と思われるかもしれませんが、そう思う人には思わせておけばいい。知名度を得ることは、嫉妬されるというデメリットを補って余りあるメリットがあります。いざ、自分が知名度を得ることになれば、絶対にその威力を実感するはずです。

マイナスでもいいから、知名度を得るべし

日本のように横並びを尊ぶ国では、人より多く稼いだり、何か人と違うことをして目立ったりする人間は叩かれます。でも、心配する必要はありません。逆に、叩かれ

るという〝マイナス知名度〟がプラスに働くこともあるからです。

むしろ、横並びが美徳とされている日本だからこそ、ちょっと過激な発言をするだけで比較的簡単に〝マイナスの知名度〟を得ることができます。

プラスの知名度を獲得するのはなかなか難しいもの。プラスの知名度を無理して取ろうとするよりは、まずはマイナスの知名度を取りにいくべきだ、と私は思います。

マイナスの評価でもいいから多くの人の視線を集め、それをプラスに転じればいいのです。私自身も最初は散々「あいつは売名行為をしているだけ」「炎上商法だ」などと批判ばかり受けましたが、粘り強く発信を続けていった結果、今では応援の声のほうが増えてきました。

それに、最初からマイナスのイメージを持たれる人は、日々の行動がずっと楽です。

普段いいことばかり言っている人は日々の生活で気が抜けないし、仮にちょっとでも悪いことをするとすごく叩かれてしまいます。ところが、普段からマイナスのイメージがある人の場合は、何かあっても「あの人だからね」とスルーされ、少しでもいいことをすると褒められやすい。優等生がゴミ拾いをしても評価されませんが、不良少年がゴミ拾いをすると称賛されるのと同じです。嫌われることを恐れず、知名度を取るべきです。

きれい事は言わない。人生は「やるか、やらないか」だけ

さて、本章の最後に、もうひとつだけ、大切なことを伝えさせてください。

それは、「人は自分の決意と行動で大きく変わることができる」ということです。

この2年近く、私がどんな苦境に立たされてきたのか、この本を通じて初めて知った方も多いのではないでしょうか。ただ、その苦境を経て、私は新たな道を踏み出し、以前よりも多くの人々に支えられて毎日を生きていると実感しています。

「なぜ三崎さんは、あれほどまで地に墜ちたのに、再起することができたのでしょうか？」という質問を受けることがあります。

多くの方々の支援があったことや、私自身の心境の変化など、さまざまな要素があったと思います。

ただ、突き詰めると結論はたったひとつ。

「やるか、やらないか」

きれい事が嫌いなので断言しますが、本当にそれだけです。特別な方法は何もありません。すべては、自分次第です。

私はごく普通の家庭に生まれ、学校で先生から「お前は学校に来るな」と言われたのをきっかけに、ろくに学校の勉強をしていません。中学卒業後は家族からも見放されていたし、アルバイトの面接も落ちまくりでした。友達にも「お前はちょっと変わっている」と言われて相手にされず、逆境続きでした。

だからこそ、自分の人生や成功に向き合って「どうしたら成功するか」を死ぬ気で考えました。四六時中、そのことだけを考えていたと言っても過言ではありません。

私は高卒だし、高校も二度退学しました。世の中の人々に比べて、自分は能力が高い人間だとは決して思っていません。ただ、「途中で自分の目標を諦めた」という経験だけは一度もありません。

これは、私のような学歴も人脈もバックグラウンドもない人間ができたことなのだから、覚悟さえ持てば世の中の大半の人にもできるはずです。

自分の可能性を決めるのは自分自身。そして、自分の可能性を自分で狭めているのも自分自身だということを、ぜひ知ってほしいのです。


目標を設定し、それを達成したいと思う人は多いのに、なぜ多くの人は目標を達成できないのか。それは、多くの人は、途中で目標を諦めてしまうからだと思います。

「お金持ちになりたい」

「成功したい」

「明日はこれをやるつもり」

そうは考えていても、寝て起きて朝になるとその目標を忘れてしまい、いつの間にかうやむやになってしまう。私自身もかつてはそんな一人でした。でも、「目標というものは自分が意識をしないと、すぐにどこかへ消え去ってしまうものだ」と気づいてからは、自分の夢や目標を、スマホの待ち受け画面に設定したり、紙に書いて壁に貼っておいたりと、とにかく常に目につく場所に置いて、毎日目標を目にする時間を増やしていきました。

意識する時間が増えれば増えるほど、自分の目標や夢に対して、どうやってアプローチをしたらいいのか、どんなことをしたらいいのかを考えるようになっていきます。

そして、一番忘れてはいけないのは、行動するということ。目標を忘れることは悪ではありません。やるべき行動がわかっているのに行動しないことこそが悪です。

絶対にやってはいけないのが、「忙しいから」を理由にして何も行動しないこと。何も行動しなければ、見える景色は絶対に変わらないし、自分を変えることもできません。小さいことでもいいので、とにかく現状を変えるために行動すること。そうすれば、必ず変わることができるはずです。

今見えている景色を少しでも変えるために、「昨日とはちょっと違うことをしてみる」ということをしてみてください。

それは、普段会わない人に会ったり、行ったことのない場所に行ってみる程度のことでも大丈夫です。ほんの小さな変化でもいいから、昨日の自分とは何か少しでも行動を変えてみる。すると、明日は今日とは違う景色を見ることができるはずです。

私が年商130億円の会社を作ることができたのも、逮捕というどん底から這い上がることができたのも、こうしたことの積み重ねのお陰だったと思います。

振り返ると、私の人生はこの「毎日を少しだけでもいいから変化させたい」という思いの積み重ねで発展してきたように思います。

今も毎日「次に何をするべきなのか」を考え続けています。私自身、青汁劇場をはじめ、自分にできる手段はすべてやって、一矢報いるためにずっと努力してきました。「自分は変われる」と信じて日々小さな変化を積み重ねていけば、人はきっとやりたいことは何でもできると思います。

人生は、いくらでもやり直せるし、自分自身の過去を変えることだってできるのです。1年前は多くの人たちからバッシングを受けましたが、今は多くの人に応援され、このように本書を通じてメッセージを届けることだってできるようになりました。こんな私にもできたのです。あなたにもきっとできます。

自分の可能性を諦めずに、チャレンジし続けてみてください。

なぜ再起することができたのか?
結論はたったひとつ、
「やるか、やらないか」
特別な方法は何もない。
すべては、自分次第。
私のような学歴も人脈も
バックグラウンドもない人間でもできたのだから、
覚悟さえ持てば世の中の大半の人にもできる。
今見えている景色を変えるために、
少しでも昨日と違うことをしてみてほしい。

おわりに

この本を書き終えた2020年7月現在、私のなかでは、いまだ国税局との戦いは終わっていません。

「もう事件は終わったのだから、わざわざ目をつけられる発言をしなくてもいいのに」

「自分を晒けだして恥ずかしい思いをするより、悠々自適に暮らせばいいじゃないか」

そんな声をかけられることも、決して少なくはありません。

私自身、事件当時は何度も「このまま声を潜めて生きていくのはつらい。死んでしまおう」「海外に移住して人生をやり直そうか」と考えたことがありました。

ただ、そうしなかった理由はただひとつ。

「ここで真正面からあのときの出来事に向き合わないと、一生後悔することになる」という確信があったからです。

もしあのとき、私が人生に疲れ果てて、青汁劇場や1億8000万円の贖罪寄付、YouTubeやツイッターでの一連の発信などをしなかったら、どうなっていたか。きっと今ごろは社会から忘れ去られ、発言することすらままならなかったでしょう。そして、自分の中のつらい記憶と決別することができず、抜け殻のような日々を送っていたのではないかと思います。そんな人生は、いかに安泰で平和であっても、決して自分にとって幸せではない。

そう思ったからこそ、私は声を上げました。

自分の身がどうなろうとも、人からなんと思われようともかまわない。

そんな捨て身の覚悟で、恥も外聞も捨て、全力で声を上げ続けました。あれから1年以上が経過した今、過去を振り返ってみて、「やはり自分の選択は正しかった」と思います。

どんなに心が悲鳴を上げても、どんなに周囲に裏切られようとも、自分の決断を信じて、自分の意思を貫き通すことができたという事実は、自分にとっての誇りです。

今後も、自分の運命に一矢報いることができるまで、私は発信を続けていこうと考えています。

コロナ禍で多くの人が困窮にあえいでいる今、日本の社会に対してできることは何か、繰り返し自問自答し続けました。

その第一歩として、2020年6月、次世代の若者の活躍を支援するための「若者のみらい応援基金」を立ち上げました。

特に今回のコロナ危機は、多くの若者からその未来を奪いつつあります。

学業とアルバイトを両立させて毎日必死に頑張ってきたのに、バイト先が休業してしまい、学費が払えず、大学を退学しなければならなくなった若者たち。就職先が決まっていたのに、企業の業績悪化で内定が取り消されてしまった若者たち。起業を夢見て、資金調達などを行ってきたのに、コロナの影響ですべてのプランが白紙に戻ってしまった若者たち。

私の元にも、毎日のように、SNSなどを通じて、数多くの若者たちからの悲痛な叫びが届いています。

今、日本には若者たちが活躍できる場があまりにも少ない。かつて自分が10代で起業したときから、いまだにその状況は変わっていません。だからこそ、勉強をしたいのに学費が払えない学生や、起業で壁にぶち当たる若手経営者など未来ある若者たちに向けて、この基金を創設しました。

今の自分があるのは、私がつらかったとき、どん底に陥ったとき、SNSを通じてたくさんの応援コメントをくれた皆さんのおかげです。皆さんの温かいメッセージに本当に励まされました。そのことは今でも忘れません。

今度は私が恩返しする番です。

メッセージをくれた若者たちにお礼をしたい。そんな思いから、これからの日本を担う若者を全力で応援していきます。

この基金はビジネスやスポーツ、音楽、ゲームなどの領域を通じて若者が活躍できる機会を提供していく予定です。また、資金面のみならず、人脈、ビジネス上のアドバイスなど多方面から支援することで、よりよい日本をつくるサポートができればと思っています。

本書は、青汁劇場から1億8000万円の贖罪寄付をした頃、出版の声をかけてもらったのがきっかけとなりました。扶桑社・週刊SPA!編集部の横山薫さんには企画から構成・編集まですべてを担当していただきました。同じく週刊SPA!編集部の牧野早菜生さんには企画を、フリーライターの藤村はるなさんをはじめとするライターの方々には構成を手伝っていただきました。情熱を持ったスタッフのおかげで、自信をもって世に出せる作品を完成することができたと思っています。本当にありがとうございました。

最後になりますが、これだけは言わせてください。

2018年に国税局が家を訪れた日以来、毎日絶望感しかありませんでした。ただ、逮捕や起訴を通じて失うものは多かったけれども、その分、いろいろなことに気がつくことができましたし、得るものもあったと思います。

今はまだ難しいですが、いつか「あのときがあったから、今がある」と思える日が来るかもしれません。いや、「必ず来る」と私は確信しています。

自分で自分を全力で肯定できる未来を迎えるために「過去を変えてやろう」と、私は毎日精いっぱい、運命に抗い続ける覚悟です。
この本が、私と同じように「過去を変えたい」と運命に抗い続けるすべての人の礎となることを心から願っています。

三崎優太

企画・構成・編集／横山 薫
企画・編集／牧野早菜生
構成／藤村はるな、他
装丁／中西啓一（panix）
DTP ／ Office SASAI
撮影／山川修一、ヤナセタマミ

三崎優太（みさき ゆうた）

1989年、北海道出身。実業家、起業家。

高校時代に始めたアフィリエイト広告で月収400万円を売り上げるなど、若くしてビジネスの才能が開花。高校を二度退学後、パソコン1台で起業し、18歳で株式会社メディアハーツ（現：ファビウス株式会社）を設立。

2014年には美容通信販売事業を開始、2017年に「すっきりフルーツ青汁」が累計1億3000万個の大ヒットとなり、年商131億円の会社をつくり上げる。

「青汁王子」の異名を取り、メディアでもてはやされた。

現在は、若手経営者へ多岐にわたる事業支援を精力的に行う実業家として活躍。

ツイッター ▶ @misakism13
インスタグラム ▶ @yuta_misaki
YouTubeチャンネル ▶
https://www.youtube.com/channel/UCJFzpJDW1yyaCBUZxmAz-3g
オフィシャルサイト ▶ https://yutamisaki.jp/

過去は変えられる

発行日　2020年10月10日　初版第1刷発行
　　　　2020年11月10日　　　第3刷発行

著者　三崎優太

発行者　久保田榮一
発行所　株式会社 扶桑社
〒105-8070
東京都港区芝浦1-1-1　浜松町ビルディング
電話　03-6368-8875（編集）
　　　03-6368-8891（郵便室）
www.fusosha.co.jp

印刷・製本　中央精版印刷株式会社

Printed in Japan ISBN 978-4-594-08385-4